小说水浒

胡菊人 著

精装典藏本

江西教育出版社
JIANGXI EDUCATION PUBLISHING HOUSE

图书在版编目（ＣＩＰ）数据

小说水浒 / 胡菊人著. -- 南昌：江西教育出版社，
2017.5
　　ISBN 978-7-5392-9433-9

　　Ⅰ．①小… Ⅱ．①胡… Ⅲ．①《水浒》研究 Ⅳ．
① I207.412

　　中国版本图书馆 CIP 数据核字 (2017) 第 082552 号

小说水浒

XIAOSHUO SHUIHU

胡菊人　著

江西教育出版社出版

（南昌市抚河北路 291 号　邮编：330008）

各地新华书店经销

河北鹏润印刷有限公司印刷

787mm×1092mm　　32 开本　　6.25 印张
2017 年 7 月第 1 版　　2017 年 7 月第 1 次印刷
ISBN 978-7-5392-9433-9
定价：**38.00 元**

赣教版图书如有印制质量问题，请向我社调换　电话：0791-86710427
投稿邮箱：JXJYCBS@163.com　　　　电话：0791-86705643
网址：http://www.jxeph.com

赣版权登字 -02-2017-311

胡菊人，提灯人

陈浩泉

二十世纪六十年代以来，在香港文化界，胡菊人这名字是无人不晓的。

六十年代初，东西方冷战持续，殖民地环境中的香港青年则颇受西方享乐主义、颓废思潮的影响，在艰辛的现实生活中颇感迷茫，像在雾中看不到前途，更看不到国家民族的前景。这个时期，一些高质素、有分量的青年与知识分子的刊物，就如迷雾中的一盏灯，为年轻人照亮了前路，指引他们行进的方向。胡菊人先生正是提灯人的代表人物。

从六十年代开始，胡菊人先后担任过《大学生活》杂志社社长与主编、《中国学生周报》（下称《中周》）社长、

《今日世界》丛书编辑、《明报月刊》（下称《明月》）编辑、《中报》与《中报月刊》总编辑和《百姓》半月刊主编，从那个年代走过来的年轻人，大部分都曾读过胡先生的文章和书，看过他编的刊物，受到他的影响。文化界中人称胡先生为青年导师，这个称号他当之无愧。为了写这篇文章，我特地到他家中访问，和胡先生分享他逾半个世纪的文化人生之旅。从青年导师到文化旗手，胡先生的人生旅程丰富多彩、亮丽耀眼，对传播媒介和文学写作有重大贡献。

从《大学生活》到《中国学生周报》

胡菊人原名胡秉文，广东顺德人，一九三二年出生。一九五〇年，当他还是一个初中三年级学生时，他就随两位远房亲戚到香港谋生，开始了半工半读的艰苦生活。他先后在圣类斯中学当校役，及在教堂当杂役。那时候，他就住在学校和教堂里。胡菊人出身于农民家庭，并非书香世家，族中祖辈无一文人，但他却自小就对文学写作有浓厚兴趣，喜欢阅读，而且范围广泛。少年时代，《红楼梦》《水浒传》

这些古典小说已是他的至爱了。

一九五五年，胡菊人在徐东滨的介绍下进入友联出版社，任职于资料部，夜间在珠海书院英语系攻读。经过六年艰苦的半工半读生涯，于一九六一年完成课程。

自珠海毕业后，胡菊人曾任友联出版社旗下的《大学生活》杂志的社长兼主编，后又出任《中周》社长。友联在当时是一间颇具规模的文化机构，由美国方面的资金兴办，分为研究所、出版社、杂志、发行公司、印刷厂等多个部门，可说是"一条龙"运作。友联属下的杂志有《祖国》周刊、《大学生活》、《中周》与《儿童乐园》，分别针对不同年龄的读者，从小孩到成年人，一网打尽。

此外，美国新闻处所办的《今日世界》半月刊和《今日世界》丛书也是那个时期的产物。这就是人们后来所称的"美元文化"，或叫"绿背文化"。左派阵营为了与之抗衡，也创办了《文艺世纪》《青年乐园》《小朋友画报》等刊物。当时，竞争最激烈的是《中周》与《青年乐园》，它们都拥有大量读者，各擅胜场。最令人印象深刻的是，胡菊人主持的《中周》大捧胡适，陈序臻督印的《青年乐园》则尊崇鲁迅。两份刊物都没有太多正面谈及政治的文章，但各自明显地有着不同的取向。

五十年代至七十年代，香港文化界左右壁垒分明。当时，本土作家不多，大多数的作家、文化人都是由中国内地南下的，也就是后来人们所称的"南来作家"，如徐訏、卜少夫、徐东滨、司马长风、徐速等，左派的有侣伦、黄谷柳、何达、陈君葆、吴其敏等，还有曹聚仁、李辉英、叶灵凤、刘以鬯等。不过，尽管两个阵营所经营的刊物有不同的主观目的，但刊物本身和作家的创作却产生了推动香港文化与文学艺术发展的客观效果。相信那些启蒙式的青少年刊物对当年盛极一时的文社潮也起了积极的影响与催化作用。因而，今天回望，无论"绿背文化"还是"红背文化"，只要它们促进了本土的文化发展，就未尝不是好事。

当年，友联的主事人有史诚之、余德欢、徐东滨、赵聪等。胡菊人任《中周》社长时，主编先后是刘贻恢和杨启明，司马长风担任顾问。曾在《中周》任编辑的有陆离、吴平、盛紫娟、蔡炎培等，经常撰稿的有王敬羲、西西、罗卡、石琪、古兆申、戴天、小思、黄维樑、黄子程、也斯、金炳兴、许定铭等。这些当年的文艺青年，后来都活跃于文化、文学界，甚至成了独当一面的名家，推动了本土文化的发展，壮大了本土作家的阵容。《中周》的内容涵盖文学、电影、音乐、西方文化潮流等各方面，对一代人的巨大影响是毋庸置疑的。

胡菊人忆述友联时期说："当时一班主事人大多是自由主义者，出资的美方也不大干预，编辑与业务都有很大的自主权。"现在往回看，人们也许会疑惑《中周》当时为何会那么受欢迎、影响那么大呢？胡菊人说："主要就是内容好，引导青年向上，而办事的人也都积极、热心。"

近年，不少学人把《中周》作为研究对象，香港中文大学的香港文学研究中心也把《中周》上网，可见时至今日，它的影响力仍然存在。与此同时，该中心亦收藏了《青年乐园》的合订本，供研究者查阅。对于当年两份刊物的激烈竞争，胡菊人欣然说："这是好事，有竞争才有进步，真理总是愈辩愈明的。"

一九六二年，胡菊人应美国国务院的邀请，到美国做为期半年的考察。回港后即在戴天的推荐下出任美国新闻处

《今日世界》丛书部编辑。此丛书网罗了许多名家，翻译出版美国的文学作品和社科书籍，当年，张爱玲也在宋淇的引荐下参与翻译工作。

青年导师，才艺双全

六七十年代，胡菊人追随当时西方新兴起的自由大学理念，与一些志同道合者合办了创建学院。学院由毕业于"台湾大学"、后赴加拿大攻读硕士学位的林悦恒出任校长，他也是友联后期的主事人。创建学院开办时，胡菊人和戴天在太子道合租了一个地方，古兆申、黄维樑等人都住过，学院就在那里上课。学院曾开办的课程有戴天教授的诗作坊、罗卡教授的电影欣赏，而胡菊人则开办了小说阅读课程，当时的学员有李国威、淮远、钟玲玲等。包错石、钟华楠等人都曾担任课程导师。胡菊人回忆说："当时的学员总数有二三十人之众。我的太太刘美美就是参加小说阅读课程时结识的。后来，创建学院的活动随着我迁移到土瓜湾去了。"这个时期，胡先生已有"青年导师"的美誉。在平时工作的空隙余暇，他也常与青年朋友见面倾谈。年轻人们得以亲炙心目中敬仰的师长，亲聆教诲，自是获益不浅了。当时有人这样形容胡菊人："望之俨然，即之也温，听其言也厉。（语出《论语》）"的确，这就是胡菊人外冷内热、坚守原则的性格了。胡菊人生活简单俭朴，但却慷慨助人，特别是对青年朋辈，常常解囊资助他们的生活与活动，从不吝啬。于是，他的房子愈住愈小，后来又从土瓜湾搬到了筲箕湾去。

胡先生个性比较内敛，温文尔雅，待人和蔼可亲，同时，他也有名士风范，也有逸兴遄飞的豪放一面。刘绍铭在《借问酒仙何处有？》一文中写到胡菊人："陌生地酒友零落，可是一九六八年至一九七一年的香港，以笔者的圈子来说，真是一呼四应。二胡（胡金铨、胡菊人），一戴（天）一林（悦恒）。……黄汤一灌，各露情性。……酒量并不怎样惊人而好作'仙'状的是胡菊人与戴天。菊人一醉，就露青年导师本色，满嘴尽是使命感。……但他们的酒量实在平平，每于事后要人扶他们一把。若不扶，他们回家时就乱按门铃，他乡作故乡。"

胡菊人还会弹古琴，他师从古琴名家蔡德允，习艺多年。

这天，我问胡先生："有人说你弹奏古琴之前要沐浴更衣，焚香静坐，真的这么认真严肃吗？"胡先生笑着说："没有，没这么严肃。"然而，看到胡先生穿着唐装演奏古琴，在大会堂音乐厅表演的照片，还是一派名士之风。我问他最喜爱什么古琴曲，他立即冲口而出：《广陵散》。真希望有一天能欣赏到身穿古朴优雅唐装的胡先生弹奏一曲《广陵散》，得以一发思古之幽情。

在《明报月刊》的黄金时期

胡菊人曾在一篇回忆文章里说，他一生中最精壮的岁月是在《明月》度过的，那是一九六七年，胡菊人应《明报》老板查良镛（金庸）先生的邀请出任《明月》总编辑。查良镛不但是著名的武侠小说家，也是香港早年文人办报成功的典型例子。六七十年代是《明报》崛起的时期，那时《明报》已逐渐成为知识分子不能不看的报纸。《明月》是《明报》机构另一个亮丽的招牌，创刊时正值中国"文化大革命"开始。在当时，香港因其特殊的地位而具有其他华人地区所没有的有利条件与环境，扎根香港的《明月》也成就了其他地方的刊物办不到的辉煌。

《明月》创立后一直由查先生自掌编务，直至找到胡菊人，才把总编辑的重任交放到他肩上。胡菊人说："当时，我为《明月》所写的一篇谈美国披头士的文章引起了查先生的注意。他欣赏我在美新处任职，却敢写批评美国的文章。那时候，我也已在《新生晚报》撰写介绍西方存在主义的专栏。"查先生赏识胡菊人的才能与识见，遂以总编一职诚邀加盟，后来证明这个伯乐的确眼光独到。胡菊人觉得在《明月》将有更大的发挥，欣然走马上任。他也没有辜负查先生的厚望，在执掌《明月》编务十二年间把刊物办得有声有色，使它成了海内外知识分子刊物的名牌。从查良镛到胡菊人，《明月》保持了一贯的编辑方针，以坚稳的立场、清醒的头脑、理性的态度去看待国事世局，为时代把脉，为命途多舛的国家民族寻求出路。

胡菊人时代的《明月》内容丰富多姿，包括政治时事、文学艺术、历史人物、文化思潮等等，不少香港和海外的名人、学者都曾在此刊物发表文章，或接受专访，如张国焘、蒋梦麟、蒋纬国、牟宗三、唐君毅、徐复观、殷海光、夏志清、张爱玲、唐德刚、余英时、白先勇、聂华苓、陈若曦等，都是掷地有声的名字。当年胡菊人刊登了不少殷海光的文章，后来殷海光因批评时局而遭受政治打压，被迫离开台湾大学，《明月》就隔海声援，胡菊人甚至委托香港留学生为殷海光带去食品。一九六九年，殷海光因肝癌病逝，胡菊人得悉后极为伤感。

　　"文革"十年浩劫之后，中国出现了"伤痕文学"，一般都认为七十年代末刘心武的《班主任》和卢新华的《伤痕》是"伤痕文学"开先河之作，然而，一九七三年，从中国内地出来，经香港移居加拿大的陈若曦，已在戴天的推荐下，把她多篇以"文革"为背景的短篇小说交由胡菊人在《明月》发表，包括《尹县长》《晶晶的生日》等。这批自一九七四年起发表的小说应是最早的"伤痕文学"，当年曾引发争议，影响颇大。而聂华苓的代表作，长篇小说《桑青与桃红》七十年代在台湾报纸连载时，因内容涉及敏感问题而横遭腰斩，胡菊人即把它在《明月》全文连载，该小说在一九七六年由友联出版单行本。此书一九八〇年在中国内地出版，但被大幅删节，直到一九八六年香港华汉文化事业公司推出的修正版才是首个完整的版本。聂华苓在新版序里说："《桑青与桃红》是一支浪子的悲歌。浪子的悲歌在台湾唱过，回到老家唱过——在两边都是一支没唱全的歌。"幸而，这支歌终于在香港唱全了。这段日子里，最令胡菊人高兴的就是收到好稿。

白先勇是胡菊人的老朋友。一九七六年他访港时，应胡先生之邀，在下榻的假日酒店与他对谈小说艺术，这次谈话由胡太太刘美美（刘逍）笔录，整理成文，并先后收录在胡菊人《小说技巧》一书和白先勇散文集《第六只手指》中。白先勇两次应邀访问温哥华时，都向我表示一定要安排他跟胡菊人先生见面，当然都如愿以偿了。《明月》还曾刊出不少有分量的专访、特辑，如一九七一年，胡菊人就亲自访问了到香港的著名英国学者李约瑟（Joseph Needham）；在《明月》任职的孙淡宁也曾访问蒋中正后人蒋纬国将军。在当时，这些专访都引起了极大的关注。

二〇〇六年，《明月》创刊四十周年，举行了盛大的庆典，总编辑、总经理潘耀明邀请了创办人查良镛先生和历任的总编辑出席，胡菊人也应邀由加拿大回香港参加盛典。访问当日谈起《明月》，胡先生依然无限怀恋："它应该是历史最长的一份中文杂志了，是早年文人办报留下来的一笔可贵的财富，实在很难得。"现在的传媒集团多走商业化的路线，《明月》至今仍坚守办刊宗旨，屹立不倒，的确难能可贵，这一切有赖于主事人的识见与胸怀。胡菊人说："当年刊物成功的原因就是对中国问题与时局的深入探讨和分析，满足了读者的要求。最高峰时，杂志的销量接近三万份，除了香港，在新、马、欧、美等海外地区也拥有不少读者。"有人说，这个时期的胡菊人，就是中国南方的一个守夜人。的确，胡先生所提的《明月》这盏灯，正是当年青年和知识分子前行的指引。

从《中报月刊》到《百姓》半月刊

一九七九年，胡菊人离开《明报》机构，接受傅朝枢的邀请，创办《中报》和《中报月刊》，担任总编辑。胡老忆述："当时我向查良镛呈辞时，惜才的查先生大力挽留，并劝说传媒竞争激烈，创办新报纸和杂志不容易，希望我能留下来。但当时我已和傅朝枢签了合约，一切已成定局，无可改变了。"胡菊人离开时，查先生送了一块劳力士金表给他，感谢他十多年来对《明月》做出的贡献。

胡菊人创办《中报》的情形与当年进入《明月》相约，更好的待遇，更大的发展平台，当时胡老相信这个机会可以让自己在新领域中尽展所长，获取更大的成就与满足感。胡菊人说："我是在徐复观的介绍下认识傅朝枢的，之前对他的了解不多。傅是一个商人，对传媒的经营运作并不内行，他的《台湾日报》乃收购所得，而非亲自经营成功的。《中报》创办初期有六万销量，成绩不错，可惜老板不放手让采编人员去做，经常对版面作出干预。"陆铿在《香港〈中报〉的兴衰》一文中回忆说："老傅弄来了大量的祝贺傅董事长朝枢创办《中报》的志庆广告，有的来自香港，有的来自台湾，今天是'一纸风行'，明天是'舆论权威'，这些无聊的东西老傅都要胡菊人以头版全版刊出，胡菊人指出这是'毒药'。"

当时，《中报》只出纸三张，但这些免费的"人情广告"

浪费了篇幅，使重要新闻也被迫放到内页去。后来，胡菊人就只编《中报月刊》，不理报纸编务，不久更离职了。《中报》随着编辑方针的摇摆不定，内容质素下降，销量下跌，最终不得不停刊。

一九八一年，胡菊人与老报人陆铿创办《百姓》半月刊，陆铿担任社长，胡菊人出任主编之职，刘美美任经理。《百姓》也办了十多年，销量不错，最高峰时达两万份。然而，在香港独立办一份时事政论杂志，秉持认真严谨的态度，不哗众取宠，实在极不容易。胡老说："《百姓》广告不多，靠销数来维持营运，在艰苦经营下方能收支平衡。后来我的健康出了问题，必须做腿部手术，无法继续编辑工作，假如聘请一位资深主编，在财政上又负担不来，只好在一九九二年把《百姓》售予商人徐展堂（一九四〇至二〇一〇）。可惜改为周刊后，不久就结束了。"然而《百姓》也曾经有过辉煌的时期，此刊物仍然走政治时事与文化历史的路子，但比《明月》大众化。此杂志也曾有不少有分量的内容，如一九八七年，胡菊人与柏杨对谈中国历史；还有陆铿对胡耀邦的专访，在当时都颇引人瞩目。

从《大学生活》《中周》到《明月》《百姓》，胡菊人都本着一份使命感来办刊物，就是追求自由、民主、人权、法治的理念和普世价值，探究国家与民族的前途，关心社会、青年、教育与民生，也提倡高雅的文学艺术，紧贴时代的脉搏与潮流。

胡刘婚盟，文坛佳话

胡菊人一直把所有精力投放在工作上，无暇理会感情与婚姻的事，直至在创建学院遇到刘美美，一切才起了变化。刘美美与胡菊人可说是师生恋，两人亦师亦友，刘美美仰慕胡先生的才华，认同他的志向与人生目标，终于有情人终成眷属，成为当年香港文化界的佳话。一九七五年，他们的婚礼在香港大会堂举行，晚间婚宴上举行证婚仪式，证婚人是徐复观，戴天任司仪，主持宣读誓词。当时出席的文化界名人有牟宗三、余英时、金庸、司马长风、许冠三、莫昭如等，各界嘉宾济济一堂。蔡炎培在婚礼上朗诵《诗经》为贺。

刘美美毕业于香港中文大学新亚书院哲学系，牟宗三、唐君毅都是她的老师。大学时期，她在新亚书院校刊上发表的文章就已引起了注意。离开中大后，她曾先后担任电视台编剧与教师，后出任《百姓》半月刊的经理，负责广告、发行等业务。移居温哥华后，她亦曾在北美版的《星岛日报》撰写专栏。

刘美美不但是一位贤妻良母，还是胡菊人事业上的好帮手。他们育有一对子女，一家四口于一九九六年移民加拿大，子女分别在加拿大和英国接受高等教育，现在都回到香港工作，儿子任职于银行，女儿则是一名白衣天使。

编刊写作两不误

一生与文字打交道的胡菊人，对传媒工作与文学写作，哪一项兴趣最大呢？胡先生说："没有比较，都喜欢。"我继续问："假如只能两者之间选其一呢？""那还是做传媒吧！"他说。

话虽如此，胡菊人还是钟情于文学写作和评论，他在从事传媒工作的同时，一直没有放弃写作。胡先生长期在报章撰写专栏,最早是一九六三年开始为《新生晚报》撰稿,后来也分别在《星岛晚报》《东方日报》《华侨日报》《明报周刊》《星期天周刊》《良友画报》和台湾的《联合报》《中国时报》等报刊撰写专栏,内容包括评论时事、谈文说艺、探讨中西文化及宣扬民主理念。他所写的杂文随笔,数量极多。特别是《明报》的专栏,一直为读者所喜爱,已结集出版的单行本有《坐井集》和《旅游闲笔》,文学评论方面的著作有《〈红楼〉〈水浒〉与小说艺术》《文学的视野》和《小说技巧》。另有《李约瑟与中国科学》。此外,还编有《德国当代文学选汇》《德国文学精华总览》《中国当代散文选》和《香港地位问题汇编》等。

特别值得一提的是《小说技巧》与《〈红楼〉〈水浒〉与小说艺术》两书。这两本书都有港、台两个版本,前者的台湾版更两个月未到就再版,可见其受欢迎的程度。《〈红楼〉〈水浒〉与小说艺术》对两部古典小说有深入独到的分析,是很好的文学欣赏辅助读物。《小说技巧》一书在胡菊人与白先勇对谈后所写,他从小说的形式、文字特性、心理描写、叙事观点等各方面来探讨小说的创作技巧,还有许多名家作品的实例说明，其中也有一章专论《红楼梦》的象征意义。胡菊人虽未写过小说，但阅读小说超过千篇，书中篇章可说是小说欣赏的心得，也是小说写作极好的一本参考书。

笔耕数十年的胡菊人，还有许多专栏文章并未结集，我建议他把存稿整理出版，相信读者一定有兴趣。例如，他移居温哥华后，在《明报》加州版所写的专栏《小说金庸》，就应该整理付梓，以飨一众金庸迷。

在香港，胡菊人还曾出任青年文学奖和市政局中文文学奖的评判，也曾先后出任香港作家协会主席、香港文化艺术工作者联合会监事会主席和香港作家联会理事等文化团体的公职。现为加拿大华裔作家协会顾问。

二〇一四年二月二十五日 温哥华

胡菊人：报人、作家、隐士

黄维樑

论到香港的杂志出版文化，《明报月刊》(下称《明月》)占一极重要的地位。她在一九六六年一月面世，创办人是金庸，他主编了一段岁月后，从美国新闻处挖脚，请来胡菊人任总编辑。金庸是《明月》的开创元勋，胡菊人建设之，蔚然出现"贞观之治"以至"开元盛世"。一九七〇年春天，几个香港留美的年轻男生相众聊天，谈到交女朋友，正当怀春思春的年龄，有人思的却是"明月"。友人周全浩开列条件：一是女友须喜听贝多芬的音乐，二是她须爱读《明月》，因为这样才能与他有同好。那时胡菊人主编此刊不过两三个春秋，而她已显得春秋鼎盛，在文化界建立了颇高的江湖地位。这些江湖，香江及其赛西湖之外，还有华人居住的北美洲密江（即密西西比河）与五大湖，以及地球上其他的华人江湖。

胡菊人秉承《明月》创刊宗旨，走高雅的综合文化路线，兼具中外视野，广纳四海文章。是以近悦远来，作者都是名家、大家，也有若干新秀，包括周策纵、宋淇、高克毅（乔志高）、夏志清、胡金铨、余光中、余英时、金耀基、白先勇、陈若曦等。《明月》的内容丰富，经常有谈《红楼梦》、论"五四"的文章。夏志清的《现代中国文学感时忧国的精神》，余光中撰稿重评朱自清与戴望舒的诗文名篇、痛陈现代汉语恶性西化之祸患，诸文都先后以头条或很前端的位置刊出。夏文成为脍炙人口的名篇，余评具备改写局部汉语新文学史的雄心。胡菊人与白先勇畅谈小说艺术，陈若曦发表《尹县长》《耿尔在北京》等短篇。主编的慧眼促成了陈若曦"文革文学"先驱主将的地位，其后小说的英译出版，书名 *The Execution of Mayor Yin and Other Stories*，更使她在西方文坛一夕成名。

《明月》圆圆照地球

　　既是综合性文化杂志，她还有中西绘画、音乐、建筑的评论；对香港、两岸及天下时事，常有分析与抑扬；金耀基"行政吸纳"的政治理论，张国焘的从政回忆录，以至中国古代科技的"出土"式介绍，相关文章发表时，都引人瞩目。胡菊人六七十年代曾长年居住于九龙太子道"爱华居"，有一两年我常在此处出入，有时听到他谈及编辑《明月》的甘苦，为得精彩独特的文稿而喜悦，为难以选出头条文章而烦忧。《明月》有黄俊东、孙淡宁襄助，编务仍觉繁重。不过付出大，回报也不小。

　　沙田的大学校园，有一位杰出的诗人教授，每在月尾或月头的一个早晨，阅读《明报》，看到最新一期《明月》的出版消息和该期目录，有发现了，必匆匆用完早餐后，驾车飞驰到禾輋街市的报摊，郑重地第一时间购买刚到的《明月》；在油墨仍飘香时，揭阅他的最新作品。一九七四年我仍在美国攻读博士学位，写了一篇近二万字长文《中国最早的短篇小说》，向《明月》投稿，蒙青睐，后学文章刊于高端杂志的前列篇页；该期杂志飞越太平洋寄到我手上时，欣幸之情，好像汪洋的余波，仍荡漾不已。一九七六年我回港在母校教书，结识前辈宋淇（林以亮）；在宋氏口中，《红楼梦》、张爱玲、《明月》成了他的"神圣三位一体"（Holy Trinity）。《明月》之受士林推崇，这里举的事例，只是百中二三。

胡菊人在出任《明月》总编辑前，已因在出版界专业表现及发表文章，而在文坛享有很好的名声。三十多岁壮年时，他为金庸赏识，委以重任，主持月刊。至一九七九年止的十三年中，《明月》圆圆，以其文化的柔光（或谓软实力），照遍香江和地球各处的华人高端读者群。

《中月》创《百姓》

一九九七是香港前途的奇异数字，一九七九则为胡菊人人生之路的奇异数字。大陆政治研究专家丁望，七八十年代在《明报》工作，为副刊向一些大学的教授、讲师组稿；得老板金庸允许，其《学苑漫笔》和《星期专论》栏目，稿费特高。换言之，《明报》一般文稿的润笔，或嫌有欠滋润。

倪匡当年曾为笔耕报酬的提高，向亦老板亦老友的金大侠，晓以亦义亦利之理。胡菊人任《明月》老总，职位清高，薪俸则可能只是清廉。有一位名为傅朝枢的，具台湾背景，跨海盛情邀请，承诺委以月刊兼日报的重任、待遇和职能的提升，宏图必能大展，胡菊人再被挖脚，离开《明月》；金庸大排宴席依依送别后，他即出任傅氏所办的《中报月刊》和《中报》《日报》的总编辑。

《中报月刊》（下称《中月》）基本上延续《明月》的路线。笔者的本行是文学，记忆中，综合性的《中月》也重视文学。香港市政局公共图书馆主办的"中文文学奖"和"中文文学周"都在一九七九年创始，前者两年一届，后者一年一届。总馆长吴怀德倚重胡菊人及其意见，以办此二活动；《中月》则尽量登载相关的得奖作品和演讲词。"中奖"和"中周"是官办的大型文学活动，演变发展至今三十多年，收成丰盛：为香港发掘众多文学新秀，展示香港文学的美丽容颜。胡菊人多年积极参与，是一个主要力量，贡献巨大。从主政《大学生活》和《中国学生周报》到《明月》《中月》，到后来的《百姓》，在文学方面，他一直有"青年导师"之誉。

《中报》迟《中月》几个月，于一九八〇年二月二十七日创刊。近百年的香港报业素称蓬勃。二十世纪七十年代本地报界群雄争霸，各据政治立场，割据读者大饼。即使有猛龙过江，也难成霸业。这时从台湾来的傅朝枢《中报》，后此从台湾《联合报》集团来的《香港联合报》，面世后都难以打开销路，持续亏蚀后，"永续"不下去；曾在台湾报界叱咤风云的高信疆，九十年代进入《明报》最高管理层，没多久，也无功而退。胡菊人主持《中月》《中报》，倾力打拼，看来备极辛劳，身体时显疲惫。为了增加销量，《中报》创刊不久就摇晃着，改走媚俗路线；不旋踵，胡氏与傅氏分道扬镳。

新的旗帜是自力更生的《百姓》半月刊。得到"陆大声"陆铿一老，和张结凤一少，在编辑、采访方面的大力帮助，《百姓》于一九八一年夏天面世。在内容和格调上，《明月》是王是谢是文化贵族，且继编有人，方针依旧，胡菊人要创业自非另辟蹊径不可，《百姓》自然要像燕子，能够飞入比较寻常的百姓之家。新出版的《百姓》内容侧重在社会民生，政治当然也不能少。有一年，陆铿逢一极难得的机会，访问了中共总书记胡耀邦。陆铿大声问，耀邦大胆答，访问记在《百姓》发表，千众瞩目，被视为意义重大的"事可捕"（独家）。《百姓》创刊后不经年，香港"九七"问题出现；香江百姓心有千千结，《百姓》乘时而动，成为读者报料、解惑、辩难的大好平台。徐东滨、劳思光、翁松燃、朱立、岑逸飞等学者或学者型作家，都为百姓读众发表关于"九七"问题的高见。

一九八○年代的香港人不知道中共收回香港后前景如何，忧心如焚，甚至急急要移民的，实在是常情。胡菊人主导下，《百姓》的"九七"问题论述，都是认真严肃的；言之者不必有罪，闻之者可作鉴戒。主编《明月》时正值"文革"，主编《百姓》时正值"九七"（准确地说，是前"九七"），胡菊人的编与写都善尽报人、知识分子的责任。他先后还为"文革"、"九七"等主持编印了多种资料集。作为文化人，胡氏不忘在《百姓》拨出篇幅，为文学艺术之用；黄国彬的《诗品》、笔者的《古诗今读》两个专栏，是其若干例证。

用蓝笔写文学批评

胡菊人是报人，也是作家，一手拿红笔做编辑，一手拿蓝笔写文章。六十年代他在《星岛晚报》每周一现的《星晚文化》副刊，有《坐井集》专栏，拥有不少高文化水平的读者。胡菊人的文学批评，基本上循美国新批评学派路数而进行，认为小说乃艺术，细读细析才显真章。当时已享高誉的小说家白先勇，其作品精雕细琢，胡、白多次就小说艺术交谈，甚得鱼水之乐。其相关文集中，即有二人悦读悦谈的美好记录。

《文学的视野》一书内容丰富，所论计有中文语病、新诗作法、中外文学的相互影响、郭沫若对杜甫的评价、鲁迅的一段生活等。

胡菊人广读书籍报刊，作为编辑、报人，他更注意文化界的新思维、新动向，六十年代唐代诗僧寒山忽然大受西方"疲脱的一代"（The Beat Generation）欢迎，成为偶像。胡菊人探究这一现象写成《诗僧寒山的复活》一文。他分析其文化背景，认为应归因于现代工业文明带来的危机。胡菊人对寒山及其诗并无特别推崇之意，只是觉得唐代出了这样的诗僧，引起千千万万现代西方人的仿效，身为中国人，颇有"与有荣焉"之感。

《诗僧》一文于一九六六年发表，是同类文章中极早期的一篇，显示了胡菊人敏锐的文化触觉。《诗僧》所论，属于比较文学的范畴，其他如《荒谬剧与道佛思想》等文亦然。西方二十世纪流行一时的荒谬剧《等待果陀》和《犀牛》等，其思想与存在主义（Existentialism）相涉。胡氏和六十年代港台不少知识分子一样，喜谈由西而东的哲学。胡菊人打通东西，兼用存在主义哲理和道佛思想来诠释，认为二剧旨在表现价值的相对性，令人有豁然开朗之感。这是作者眼光独到之处。

在二十世纪，中国知识分子受一波又一波西潮冲击，全盘西化的论调有时成了文化强音。胡菊人在西潮中频频回顾中国传统，耳聪目明，辨识中西，知道怎样在学术文化的海洋游泳，而没有为西潮所淹没。《论新诗》一文从语法出发，谈新诗的艺术。胡氏说："五四以来白话诗大都可以删掉许多字，而于意思无损，反而更浓缩。西化，主要是不必要的文法冗字造成的。"他举了冯至《北游》一诗的片段为例，指出其量词冗赘不堪，代名词也往往是多余的。和《论新诗》一文部分内容互相发明的，是书内《洋化文法之害》这一篇。胡氏痛陈恶性西化语法之害甚谛；不过，议论时也有颇带情绪，值得商榷。

为中国古代的赛先生感到自豪

二十世纪中国西潮的第一波，冲来了德先生和赛先生，即民主和科学。中国知识分子无不对传统的无"赛"、无"德"感到痛心。传统的中国果真如此，中国古代的赛因斯（Science）果真"赛"不过西方？文化新闻触觉敏锐的胡菊人，在六十年代末，发现赛先生早存在于中国，且表现卓越；原来英国人李约瑟（Joseph Needham）与中国学者王铃等合作编著的多卷本大书 Science and Civilisation in China（《中国科学技术史》，有不同的中文译名，下面简写为 SCC）在一九五四年出版了首册，学术界为之惊异。

记忆中，六十年代在九龙"爱华居"，胡菊人和戴天等都曾提及此书。李氏在一九六九年出版其《大滴定》（*The Grand Titration: Science and Society in East and West*），有长文罗列大量史料，指出中国古代的科学技术十分发达，且远远先进于西方。《大滴定》出版时胡菊人任《明月》总编辑，我那年正好赴美留学，否则一定会亲眼看到他对李氏著述重视、赞叹的神情；赞叹之余，他开始翻译李约瑟的著述，持续了几年，而这是自定的艰巨任务，单干户式的。一九七〇至一九七五年间，他陆续译写成长短十多篇文章，并在《明月》等刊物发表之，后来结集成书，分别在港台于一九七八、一九七九年出版，书名是《李约瑟与中国科学》。

　　台湾商务印书馆推出李约瑟的 *SCC* 中译本第一至三册，一九七一年出版，后来续出余册。大陆则由《中国科学技术史》翻译出版委员会翻译（委员为卢嘉锡、路甬祥等），交由科学出版社出版和上海古籍出版社于二〇〇〇年出版。这样看来，胡菊人译写李约瑟的 *SCC* 和他的其他著述，其文章的发表时间，显然在上述台、陆两个版本之前。胡氏并非科学学者，且有编辑的繁重职务，而他单干式从事译述，其艰难辛苦可想而知。

一九六九到一九七六年我人在美国，不在"爱华居"，否则当可目睹胡菊人以学术以文字表达他"爱华"的深情实景。一九七五年他与刘美美（笔名"刘逍"）结婚，之前在一九七一年二人拍拖时，曾联袂访问身处香港的李约瑟，并写成长篇的记录。他秉笔作文字耕种，而红袖添香，收获丰富，大概忙碌得特别快乐吧。

李约瑟写道："中国输往欧亚的发明和发现不可胜计，这些贡献证据确凿，是不难加以证明的，只是西方人对这些东西的原出处并无明确了解。"（上面提到的胡书台湾版《李约瑟与中国科学》页一八九）又指出"在文艺复兴时期和前期，中国技术上的影响，也占有主导性的地位"，这些科技包括"挽马法、铸冶铜铁技术、火药和纸的发明、机械钟"等等（胡书页一九〇）。问题是译述时"还原"十分困难，胡氏叹道："往往为了一个专门术语，要费十多小时去查书"；"有时为了一个名字，要三番四次地查二十五史"。有些书名极僻，例如 Ao Pho Thu Yung 这样四个拼音字，还原回《熬波图咏》，"所花的时间和精力，不足为外人道。"（胡书页二六三至二六四）我在近月发表的文章《胡菊人·专栏·华谷月——爱华居随笔之一》（香港《文学评论》二〇一四年二月出版）中说"胡菊人昼夜用功，读书写作，以致双眼有时红晕，显现一种朦胧梦幻的色彩"；译写李氏的巨著时，情景大抵更是如此。

壮年中年时的胡菊人，身形一向"窈窕"，为了让国人知道中国古代的科学，"衣带渐宽终不悔"。他写道："为什么我们在殷周时代有这么多精美厚重铜器，而在古希腊罗马，我们则只能见到石头的雕刻？……我们在春秋晚期即有钢……世界上有哪个文化在这么早就进入钢铁时代？"他认为中国人可为古代的科技文明自豪："我们站在世界文化一体的大角度看，则东西方的贡献，都是同样伟大，便在文化心理上取得一种平衡，中国人无须自卑，西方人亦无理由自大。"（胡书页三三五至三三六）他之译写此书，还基于一种深厚的历史感：中国人活在历史中，为什么这样说呢？"乃是因为中国人确是爱自己的国家，也更爱自己的文化；亦因为中国古文化之灿烂耀彻天地，再因为我们的历史虽有朝代的更替，却从来没有切断（即使外族统治亦无例外）；

复因为我们的疆土虽有缩削展延，但依然是这发展自黄河的那一片美丽山川。更切要的是由于我们有千古未变的文字，使我们与古代立时立地契接。"（胡书序页一至三）说到"千古未变的文字"，余光中二〇〇一年所写的对美丽中文的形容——"仓颉所造许慎所解李白所舒放杜甫所旋紧义山所织锦雪芹所刺绣的中文"——我想他一定认同。

温哥华的"爱华"隐士

一九七九年胡菊人离开《明月》后，他写作少了，身份是报人大于作家。学者型作家的书写，如《文学的视野》《李约瑟与中国科学》一类写作，更无以为继。时评与政论一类专栏文章，倒是延续着。二十世纪九十年代移民后，他继续在《明报》的专栏撰稿，三日一篇，内容不离中国大陆的议题。为中国古代的赛先生申冤早有成果；为中国现代的德先生呼唤，他依旧尽心尽力。

九十年代他有坐骨神经病患，得名医治疗，减少疾苦。移民后几年，他不再在《明报》写专栏了。偶尔从港、加文友口中听到他的近况鳞爪，觉得他这十多年，过的好像是隐居或半隐居的生活。在《胡菊人·专栏·华谷月》之末我写道："在温哥华半隐居的胡先生菊人兄，我想还在博览群书吧，在抚弹古琴吧；也在撰写爱华的大著或'坐井'的小品吗？"

胡菊人，"人淡如菊"。他另有笔名曰"华谷月"，我想起杜甫《佳人》诗的"绝代有佳人，幽居在空谷"。胡菊人有夫人刘美美，一九九六年，胡氏举家迁往温哥华，这位杰出的报人、作者在枫叶国成为幽人隐士，不亦美乎？

目　录

金圣叹删《水浒传》

金圣叹的批评观

论《水浒传》的技巧

金圣叹删《水浒传》

革命文艺无悲剧

现在香港坊间能买到的《水浒传》，有几种版本：（一）商务"一百二十回的《水浒传》"；（二）中华"七十一回的《水浒传》"；（三）"人民文学出版社"的《水浒传》。（二）（三）版本是一样的，（一）倒比较特别，是李贽（卓吾）的传本。此外尚有百回本、百十五回本等，俱不可见。随处可买的其他版本，台湾、星洲、香港出版社的，大都是通行本，其中以一九七〇年台湾文源书局金圣叹批本较有价值，但影印不佳，原版错字过多。中华一九五四年曾出贯华堂的金批原版本，自是最为珍贵。今天在金圣叹被批判为"反动"的情形下，大概难有重印的机会。商务的"一百二十回的《水浒传》"

能再面世，已然幸运，一九二九年的初版，有胡适的序言，现在是删掉了。

金圣叹是按百回本和百二十回本批改的。以批本、百二十回本与今通行本对看，略可窥见他删改的大要。有几个问题可以在此讨论，第一，他将七十回以后全部削掉，如此大斧，是否做对了？第二，他增加了一场噩梦，他做得对不对？第三，他在七十回中的改动，是否改好了？第四，他在批文中建立了一套小说技巧理论，这些理论，是否有效？是否合乎现代小说的原则？

现在先挑第二个问题说说。将金圣叹批本与中华、人民文学的新版本比较一下，最大的分别，是一种有噩梦，另一种没有噩梦。

"文革"以后的中共文艺缺乏"悲剧感"，《水浒传》的删改也一样，到排座次为止。结语是这里方才是梁山泊大聚义处，有诗为证：

仗义疏财归水泊，报仇雪恨上梁山。

堂前一卷天文字，付与诸公仔细看。

就是水浒英雄不能失败、不能招安，亦不能死亡。但虚无乐观的革命主义，在文学效果上，却不一定能收到悲剧收场那样大的感人效果。

砍掉狗尾

《水浒传》一百零八条好汉，应该有个怎样的结局，是个煞费思量的问题。在施耐庵笔下，宋江他们，一直想着受朝廷招安，最后似应是归附朝廷，为国出力，但是他没有写出来。是无结局的作品。后来有人续上几十万字，写下了一百零八人如何征讨田虎、王庆，平定辽国、围剿方腊的故事。

那些续写的章节，据称出自罗贯中之手，金圣叹大骂，说：

一部书七十回，可谓大铺排，此一回（指第七十）可谓大结束，读之正如千里群龙，一齐入海，更无丝毫未了之感，笑煞罗贯中，横添狗尾，徒见其丑也。

罗氏为续书者？鉴于《水浒传》有几种回数的本子，续书是否止于罗贯中一人？后来的续书，段落多寡不一，可见人们既以一百零八人没有结果而不满足；亦不尽以续书为完全合理。一百二十回的本子，有施耐庵集撰、罗贯中纂修的字样，附了"宣和遗事"的史实，朝廷招谕宋江，张叔夜元帅出马，诱宋江等归附皇帝，平定了诸路的贼寇，收服了方腊，可见续书人是以"历史"的眼光来着笔，恰是撰《三国演义》的罗贯中的口味，就续书部分的半文半白文文体来观察，也近似罗氏。

施耐庵用纯粹精练的白话口语，续书者因为文白参差，以致那些好汉的话都再无可观之处，在文体上不统一，"俺""洒家""淡出鸟来"——前面那些人各有各的说话方式，都是日常语言，见出每个人不同个性；后面却是人人说话一式一样，乏味之至。在中国小说史上，《水浒传》所以比《三国演义》有划时代的大进步，主要是在于文体上，我们读《三国演义》，并无突兀之感，因为文字虽是文白错落，但在风格上是统一的；前《水浒传》与后《水浒传》却真正是在龙头上续上了一条狗尾，全不相合。

后《水浒传》的另一大毛病，是没有一个人物有生命，包括以前出现过的旧人和以后新出的角色，无论你读多少遍，都不会在脑中出现一个人的形象，这比之《三国演义》中的人物，实在是大逊色。如果真是罗贯中续书，亦见到一个大作家才竭之一日。

后《水浒传》读来令人倦目，失眠时不妨读它；前《水浒传》一旦半夜开卷，天亮仍不能合眼，文字的艺术竟有如此重大的分别。后《水浒传》令人困倦之外，还使人生厌，它能连用相同的段落、相同的文字，陆续描写十数人之出场，读者如有耐性，读完这些陈陈一式的文字，一定脑子有毛病。既然如此不堪，就见得金圣叹骂罗贯中骂得有理，删掉后面数十万字亦做得极对。

金圣叹做得对

　　续《水浒传》后半部是中国新旧小说中最坏的文字之一。以下是一个例子。

　　一百二十回本，第七十六回，讲到童枢密奉朝廷之令，讨伐梁山泊。宋江与众将应战，描写一个个水浒英雄的打扮。先是张清：

　　……来的渐近，鸾铃响处，约三十余骑哨马……轻弓短箭，为头的战将是谁，怎生打扮，但见："枪横鸦角，刀插蛇皮……骠骑将军没羽箭，张清哨路最当先。"

继而描写秦明、关胜、林冲、呼延灼、董平……有十多二十段落，都是一式一样的文字。那续书的人，缺乏文采，欠缺修养，更坏的是不用心。他用一个铜模，以大同小异的文字，来写每一位将官，用意是衬托他们每个的威武，但文字千篇一律，了无效果。

"红旗中涌出一员大将，怎生结束"，继而一诗词。接着又是："青旗中涌出一员大将，怎生打扮""白旗中涌出一员大将，怎生结束"这样"怎生怎生"一轮之后，又以"那一个守旗的壮士，怎生模样""怎生模样""怎生模样"，再又回到"怎生打扮""怎生打扮"。而每个"怎生"之后，又照例来一首没有韵味的七言。

有点文学修养的人，读到这类文字，是无不掩卷的。

金圣叹所保留的，便都是精华。留着后半部，对整部小说，是重大的破坏。金圣叹做得对！

同样，中国人民也都做得对！金圣叹本以后，不必有人规定——封建统治者没有说：其他的本子不可看。皇权社会的统治，诚然严厉，但还没到一纸令下，书籍绝迹的地步。但为什么其他本子，都逐渐不见了呢？是给淘汰了。自然淘汰。给中国人民——懂得文学什么是好、什么是不好的中国老百姓淘汰了。他们只看金圣叹的本子。

现在有人大骂金圣叹，说他砍掉后半部，使中国人民读不到"反面教材"，真是冤枉。金圣叹无权叫人不要看，中国腐败的封建王朝，下令禁过《水浒传》，但是禁不掉。人民呢，却依然有选择权。无论是什么本子，一百回本、一百二十回本、一百一十五回本，都被选择掉了。他们选了金圣叹。

后半部之坏，我还可以举出一百零八条来，不仅上述一例而已。我也相信，不管我们怎样推荐"繁本"，否定"洁本"，在将来真能流传的还是"洁本"。

删书的基本原则

《水浒传》的"钦定"版本，人民文学出版社的七十一回本，在序言中说："金圣叹删去了原本七十一回以后的部分，却伪造了卢俊义的一个'噩梦'作为结束，用意是要把水浒英雄斩尽杀绝。"

这可以分三方面来看。第一，七十回以后的文字既然是"狗尾"，应不应删？第二，删掉以后，怎样使整部小说有"完整感"，即应加上怎样的收笔结语？第三，此一收笔结语又是否加得适当，加得好？

有人重重谴责的是第三点，但不是持文学艺术的立场。因为七十回以后，一百零八条好汉受了招安，去打"强盗"，去镇压"农民起义",乃是他们所不能接受的。

金圣叹在思想上，诚然否定《水浒传》英雄的行径。说他们杀人放火弄到天下不安，不必招降而应歼灭，这个观念不能不对他的剪裁工作产生若干影响，但是主要原因恐怕仍是在艺术上。我们看他在前七十回纵有不合他思想的仍然保留，文字上所做的修改，以及删掉繁赘的诗词，使文章读来更紧凑、更生动、更流畅，便知他的艺术观在从事这件工作时所占的比重。

或问：七十回以后，为什么不做些增删润色的工作，而让它保存下来，却一下把它腰斩呢？这很简单，那些文字之坏，实在改不胜改。任何人若要做此工作，比重写还要困难。即使把文字改好了，使成完美的白话，仍然对前面的七十回有破坏力，由于情节、人物、肌理、动作、对话，都一无是处。就以人物来论，施耐庵在编撰时，据称画了每个人物在墙上，日夕观想，这可能是传说，他原是根据话本或说故事者的描述，而整理重写的。不管怎样，后来这些人物，在七十回以后，都是僵掉了，再不活动了。腰斩是必须的。任何艺术、戏剧、绘画、文学、雕刻、音乐、舞蹈、建筑，以至任何工艺，彩漆、玉石、陶瓷、家私、衣饰、珐琅、刺绣，无一不从属于一个最基本的美学原则：统一性、完整性，眼中耳里，看来听去，都无阻无碍，正是"完美""和谐"的由来。金圣叹腰斩《水浒传》，正是求此和谐与完美，他的功劳亦在于此。

认识到此浅易原则，我们可以肯定，或：政治意识不足以定文学艺术的优劣。设若七十回以后写得极好，尽或意识不对而遭禁，仍将流传广大。由于实在不好且破坏原著，所以三百年来就不流行。

小说世界的重造

读文学的，从《水浒传》的"洁本"与"繁本"，可以得到很多启示。

金圣叹不仅砍掉后半部，在前半部里，他也做了些手脚。最重要的是把许多诗文删掉了。试看"繁本"第三回结尾处：

且说鲁达离开了渭州，东逃西奔，急急忙忙，却似："失群的孤雁，趁月明独自贴天飞；漏网的活鱼，乘水势翻身冲浪跃。不分远近，岂顾高低，心忙撞倒路行人，脚快有如临阵马。"这鲁提辖急急忙忙行过了几处州府……

这一段文字，经金圣叹之手，变成极简：

且说鲁达自离渭州，东逃西奔，急急忙忙，行过了几处州府。

以下，鲁智深行到十字街口，见众人看榜，原是捉拿他的。也有一首长长四六文：

扶肩搭背，交颈并头，纷纷不辨贤愚，扰扰难分贵贱；张三蠢胖，不识字只把头抬，李四矮矬，看别人也将脚踏……

金圣叹大笔一删，变成了：

却见一簇人围住了十字街口看榜。鲁达看见挨满人，也钻在人丛里听时……

我们读此两段，可了解小说艺术，有个奥秘在。请问读者，原文的效果，经删削后，是怎样的改变了。大家都能答：是更直接了。

即是说，让读者与人物之间，缩短了距离，消除了屏障。

第一段诗文，写鲁智深杀了人逃难的慌张行色。像失群的孤雁，漏网的活鱼，不分远近岂顾高低。文字倒算不坏。但是为什么金圣叹要删？实因这完全是作者站出来说话。读者正一心注意鲁智深，眼光集中在他身上，当中插入这一段文绉绉的诗文，不可能是不识字的莽和尚心里的话，倒是看官们正读到兴头处，说书人出来挡在我们面前煞风景。

另一段描写读榜文的众人，更不能是鲁智深的了。我们绝不会觉得，自己是顺着鲁提辖的眼光，见到当时的景象，因为文体不是白话，是文人骈文，便构成了极大的障碍，又是说故事者出来，指点我们来着。

如果这两段原文，是用口语写的，直接表出鲁智深走路的动态和他心里的感想，眼中所见与耳中所听，金圣叹一定不删。前七十回里，有很多段落，直接描写的极多，且得到他的称赞，如武松过十字坡一段，武松山坡上眼中自远至近，到酒店前所见。

金圣叹的功劳，便像是电影中的剪辑能手，使内容更紧凑。把许多读来"隔""隔"不入的世界，成为读者直接进入的世界，他极有文学的敏感。

节奏感的重现

读过老舍一篇文章，大贬中国旧小说家，他说：连《红楼梦》，一写人物和景色时，就不得不有诗为证了。他这评论，对《红楼梦》颇有不公，《红楼梦》的作者，并非在写人物的神貌装扮，及自然的景色上，力有不逮，因此要以"有诗为证"来掩饰，老舍并未注意到《红楼梦》里的诗词，都有作用的，不可任意删掉。它们是整部小说有机的一部分。

相反，《水浒传》里的诗词，经金圣叹删削后，反而更好。他有时删得极不吝惜，如在"繁本"的第二回，短短篇幅，竟有十五首诗词之多，都给他完全删了。

这些诗词，无论在任何场合，都可以随时出现，说到洪太尉掘揭石碑，放出了三十六天罡、七十二地煞，有诗为证。写到王都尉府中设筵，又有诗为证。这两处诗词，一写宴会之华奢，一写世事及一〇八"好汉"的命运，都是可有可无。有时又利用诗句来说教。如王进受高俅陷害，决定与母亲远走避祸，来了三十二字"真言"。正是"用人之人，人始为用。持己自用，人为人送。彼虏得贤，此间失重，若驱若引，可惜可痛。"

像这类诗词，可以说是作者借题发挥。是他个人对世事的感叹。另外大多数诗词，都是写人。同回说到少华山朱武、陈达、杨春，各有一诗，这是旧小说惯见的格式，牢不可破，却给金圣叹破了。金圣叹删此三人的诗，效果立见：

为头的神机军师朱武，那人原是定远人氏，能使两口单刀，虽无十分本事，却精通阵法，广有谋略。第二个好汉姓陈名达，原是邺城人氏，使一条出白点钢枪。第三个好汉姓杨名春，蒲州解良县人氏，使一口大杆刀。

把原来的障碍一扫而光。

原作诗词，不过是重复与累赘，更成问题的是，在那些诗之前照例得来一句："有诗赞道他的好处""有诗赞道"或"后人有诗赞道"等等，这些诗的出处，虽说是"后人"或"别人"赞他们的，但读者一看便知，这根本不可能，便有"虚假"的感觉。

从金圣叹的副编，我们又了解到，小说亦有它本身的节奏和韵律。事件的进行，人物的出现，情节的转折，有起伏、有转承。起伏转承来得自然，便是节奏感。

而所有这些诗词，已经删掉的，都是对"节奏感"的破坏。好端端的一道畅通无阻的水流，竟给阻塞住，使人读来处处停顿。又如一望无际可供驰骋的平原，却给建了许多高墙。是以，金圣叹所做的，是疏通河道、拆毁高墙的工作。

有机与无机

凡是与书中人物、情节有血肉关连作用的诗词，金圣叹都一概不删。"赤月炎炎似火烧，野田禾稻半枯焦。农夫心内如汤煮，公子王孙把扇摇。"这是书中人物"白日鼠"白胜亲口唱的。对于计劫生辰纲的情节有画龙点睛的作用，加强"劫生行动"的正当性，所以不删。

又如阮小五所唱：

打鱼一世蓼儿洼，不种青苗不种麻。

酷吏喊官都杀尽，忠心报答赵官家。

故意唱来吓唬那来讨捕的何观察，渲染场面，经营气氛。以下阮小七所唱的：

老爷生长石碣村，禀性生来要杀人。
先斩何涛巡检首，京师献与赵王君。

亦然。又：宋江迭配江州。上了贼船，张横唱道：

老爷生长在江边，不怕官司不怕天。
昨夜光华来趁我，临行夺下一金砖。

金圣叹亦未删，却把"不怕官司不怕天"改成"不爱交游只爱钱"。从文学观点看，金圣叹明明不喜此诗，不删而改，证明他认为这首诗歌，是不可舍的部分。

此外，宋江所题"敢笑黄巢不丈夫"的反诗，以及吴用诱逼卢俊义上梁山，在他家壁上所题"卢俊义反"四字为首的四句诗，若删掉了，就砍断了以后的线索。

删与不删之间的原则，可以这样说，凡是使读者有"解释硬照"之感的，不是发自书中人物或与情节有关的诗句，都删掉了。不可删的部分，则是和整个小说的有机组织，已经连结一起的细胞。

所谓"有机"，是把小说看成有生命的机体。凡是有生命的东西，不管是树木、花草、人体，它的组织和结构，是浑然自成一个独立的体，此"体"由许多物质组成，都是既不能加多一分亦不能减少一分的。

《红楼梦》里的诗词，不可谓不多，但它们与整体发生组织的作用。这些诗词自生于小说的世界，不全是说书人出来解释"硬照"。大量的诗词与人物的性格描写紧密相关，以作诗之才情和风格，来表现各人物的才力、人品，没有这些诗，人物面貌反而模糊起来。黛玉的《葬花词》，标示此巨著的广大题旨，使我们明白悲剧的总因，乃是时间与死逝，又反托出宝玉、黛玉的个性。十之八九的诗词莫不如此。

《水浒传》里经金圣叹删掉的，却与整体组织无关，它们是攀附树木的恶蔓劣藤，是人体的毒瘤烂癣，是有机组织不需要的外物。留着它们，反而使"有机"变成"无机"，它们有破坏的作用，导致有机组织的死亡。这样说来金圣叹便是《水浒传》起死回生的医生。

百二十回的结局

　　一百二十回的《水浒传》，结局是另一番故事，令人有"落得如此下场"的悲叹。一百零八条好汉，五十九人战死疆场，为国捐躯去了。林冲、杨志等十个铁汉子竟病死了。鲁智深坐化于杭州六和寺。武松、公孙胜不受朝廷的禄养，出了家做和尚道士。燕青等四人半路溜走。其余诸人都是死的死、散的散。有些人做了官，又被陷害，阮小七穿戴过方腊"叛"军领袖的赭黄袍，龙衣玉带一时戏耍，被追究起来，认为有造反的嫌疑，削官复为渔民。李应自称风瘫，柴进为了不受玷辱也推故风疾病患，不顾为官。古往今来走得最快的神行太保，赐封兖州府都统制，临上任前向宋江请辞，情愿出家，后来"大笑而亡"。又有人马上跌死，有人阵亡，好收场的百不一二，只会歌乐娱人的乐和，依附于驸马皇亲家里，倒是"尽老清闲，终身快乐"。

戴宗那"大笑而死"，与乐和的"终身快乐"，是极大的讽刺。戴宗之笑，是"笑"那些不能及身而退的弟兄，"笑"那昏庸的宋徽宗，"笑"奸臣当道。至于乐和，可以做奴才，方能寄食于朝廷官宦之家。此种结局，当然也是与整部大书的内容有呼应的。

以上其实已是两个层次的结束，第三层次结束则是卢俊义、宋江、李逵三人之死。卢俊义是被奸臣高俅等人，暗中使人在皇帝御赐的食物里，下了水银，吃了之后，觉得腰肾疼痛，举动不得，原来水银坠入腰胯和骨髓里去，酒后失足落于淮河溺死了。宋江则是御赐药酒，吃了之后，肚腹疼痛，才知中计，妙的是他不怨天子，还怕李逵知道后，为他报仇而造反，把李逵从润州招来，也在酒里下了药，等他吃了才说："宁可朝廷负我，我忠心不负朝廷，我死之后，恐怕你造反，坏了我梁山泊'替天行道'忠义之名，因此请将你来""已与你慢药服了，回至润州必死"。嘱他死了之后，合葬一处，两人泪如雨下。后来花荣、吴用两人又双双缢死于他们墓前的树上。

接着第四层结束是道君皇帝在妓女李师师家得一梦，宋江对他说明被陷害之事，皇帝醒后上朝，要为他们平反，却又给奸权花言巧语蒙混了去，对那皇帝又下不客气的一刺。

但人民都怀念宋江及其弟兄，为他们建祠立庙，香火不绝。统治阶层不能容的却受到民间的拥戴，此是大结局，亦有深意存焉。

百二十回的结束，实有悲剧感，但若要保留此结局，非保留七十回以后的情节不可，此一是长狗尾，文字不堪，势必破坏整部小说。因此我们不能怪金圣叹，说他不用此结局乃为无识。

噩梦与心理矛盾

金圣叹编删评点《水浒传》，自诩他的版本面世之日，即所有他版绝迹之时，自信自负，惊人之语，事后证明，确是如此。

现在通行版本也不得不用他的本子为底本，只是在文中对宋江有一二贬抑处，重为补正，又把他的"噩梦"结尾删掉。

我们从文学观点，细读那个"噩梦"，亦可有相异的看法。金圣叹分析那段"结局"之文，很有识见，他说：

文字既毕，例有结束，此回固一部七十篇之结束也。一部七十篇，则非一番结束之所得了，故特重重叠叠而结束之，今第一重结束。

第一重结束就是"排名先后"的问题。水浒英雄当然不能如我们一般人那样，以姓名笔画来定序次；亦不能如电影戏剧那样，以出场先后为序，或来个主演、领衔主演、客串主演、天大面子商请登台之类的名堂。但这总是一无法解决的大困难，《水浒传》人人结义、个个弟兄，就是在"排名"上也有纷争。迷信的施耐庵却借天意显灵来"搞掂"了。说是灵光一道直贯地下发现一碑，上书第一名宋江、第二名卢俊义，依次下来一直至"鼓上蚤"时迁、"金毛犬"段景住，一百单八好汉的排名都有了。宋江道："上天显应，合当聚义，今已数足，分定次序，众头领各守其位，各休争执，不可逆了天言。""众人皆道，天地之意，理数所定，谁敢违拗。"

第二重结束是分定了各人把守的关位，立了忠义堂的大牌匾。第三重结束是设置旌旗印信，编定"番号"及各人战绩。第四重结束是写了一篇歌颂"平等"、提倡武勇、奇技、贱视文墨文化的文章，加上宋江一番言语。第五重结束就是那个总结的"噩梦"了。

前云一切艺术必须有统一感,如此一梦,也是统一手法之一,唯此梦可以呼应上文。由于《水浒传》自始一再贯串的思想,是反奸官求正义却忠于朝廷,上梁山乃被迫,是以一心想着有日皇帝招安,为国尽忠。这隐示他们自觉聚义为盗是朝廷所不容,亦是"叛乱叛国"。但奸臣弄肆,使人间没有正义,上梁山乃求义,这实乃宋江、卢俊义他们的心态。卢俊义发梦自己被捉到朝廷,宋江等人跪求赦免,竟被一一处斩。这可以暗示他们的潜意识,即是"忠于大宋"的慧识终于冒出来,忠与义的心理彼此冲突。这就与前面有呼应。妙的是此是发梦,并非真事,读者乃有想象的余韵。

金圣叹的批评观

道学者骂金圣叹

中国古典文学批评，从未成为"系统化"的学问，其中有优点亦有缺点，非两三语可下断言。但在批评之中，有一种现象，倒可以肯定有害处。

中国两部了不起的长篇小说《水浒传》和《红楼梦》，一向有人斥为"诲盗""诲淫"，有些人对两位作者的批评，十分恶毒。说"施耐庵作《水浒传》，子孙三世皆哑。"施耐庵的身世我们现在还不十分清楚，又怎知他有没有第三代第四代？又怎知道是哑的呢？就算是有后而且都是哑的，却又如何能说爷爷、父亲、孙儿的哑，都是由于施耐庵寓那一百零八将的报应？这当然是乌有之事，是有人特意造出来，以示他自己对《水浒传》的痛恨，借此恫吓后生小子，不要读这部书，就更证明狭隘道德观的人心狠如狼、舌毒如蛇了。

曹雪芹同样被谩骂。说他终身贫穷，是由于作《红楼梦》；说他后代被"族诛"，是他的曾孙一代所发生的事情，是"世人为撰是书之果报"云云。现在我们读到这些评论，觉得不值一笑，又觉得不胜愤怒，只是要知道，这类的批评态度，在过去是相当普遍的。凡是为这些人不喜的文艺创作，都有恶言，如《西厢记》的王实甫，说他写到"北雁南飞"一句时，仆倒地下，咬断舌头而死。高鹗续《红楼梦》，理应老穷而殁。而金圣叹批《西厢记》、删《水浒传》，乃得到了腰斩之刑，及绝子绝孙的果报云云。

道德本来是很好的东西，却可以使人变得这样愚蠢、狭窄、无聊。愚蠢、狭窄和无聊还只是他们自己的问题，一旦他们取得了政治力量和群众力量，一旦他们有机会把这种"道德观"推行出去，大家想想，会发生什么样的事情？那是作者颈中见血、读者肩枷入狱、书籍遇火成灰的场面。

道德是一套价值标准，是一种意识形态，但是这些人那种态度所表现的道德，是变了形的、僵化的，成了教条的道德。僵化、教条化就是道德完全不经自己心智的思考，不以客观的知识为依据，一味执着一个观念和口号，以之为绝对标准，而且是政治权势用来统治人心的标准，上列例子就是依附于清廷的道德观而来。

有人会笑斥那些清朝教条道德家，但令人不自觉的，难道不犯这种因陋之误？我们这时代，不是有人以"健康""不健康"为批评文学标准吗？清朝这些骡言狗语，不正是从"不健康"出发的吗？

鉴与知　美与赏

文学批评必要基于两种心态：一是美感的悟性，一是知性的分析力。只有前一种，对艺术或可欣赏和领会，但不一定能鉴识，即以知性将文学作品的优劣分辨剖析，道得出所以然来。但光有理知性，亦可能流于枯燥板滞、纯粹客观，像科学定性分解，这样的人，我们说他能"鉴"，而不能"赏"。能"赏"而不能"鉴"，能"鉴"而不能"赏"，都各有偏。中国"鉴赏"二字用在文艺批评上倒是有点道理。

美感悟性与知性分析，能配合一起，必然成为好批评者，试以有大成就的批评家金圣叹来看，正是两者俱备的。至于道德的意识形态，合不合孔孟之道，倒不是最重要。清人这样重视金圣叹，他批评《水浒传》至于人人家置一部，不在于看他笔下的道德观，而在于欣赏他文学技巧上的见解，他在美感上的欣赏能力。

谁都不能否认道德对于个人和社会很重要，但在文学批评上，却不是首要。一部作品意识正确与否可以是批评的一个角度，但不应是全部，不应把它置于技巧及技巧所能达到的美感和创作能力之上。但是中国人常有一倾向，总是轻而易举在道德观的绝对标准下让知性和美感来陪葬。却得注意道德意识极正确的作品，反会是失败之作，被认为反动或离经叛道的作品往往是巨著。

正因有此实情，我们就必须较深入地想及另一问题，从道德观、创作技巧、艺术美感三方面，哪一样是真正长存不变的。我们不得不承认，真正存在者不是其中的道德观念。

这可以分三点说：第一，道德意识是会变的，试看《水浒传》《红楼梦》里面的观念，大多已不适合今日；人们之做人行事，已经没有书中人物那样的想法，但何以依然欣赏和喜爱这两部作品，何以书中人物的言行，对我们隔数十代的人，仍有说服力？乃是因为在技巧上写得动人，这是就作品本身说。再就读者的批评角度说，在过去，两部书都以"诲淫""诲盗"被否定，是从道德偏狭心出发的，而在过去此道德观之所以盛行，乃是因为代表了社会正统道德律。可是，曾几何时，"诲淫""诲盗"的恶评一扫而空，证明人的观念改变了，道德观也改变了。而《水浒传》《红楼梦》依然存在。此其二。它们能永存，正是在结构组织技巧有独存的艺术价值。书中的观念既借技巧来传达，因此是技巧生观念，技巧是根本，正像花之所以好看正因花的根本就是它本身的有机组织和性能，此其三。只重意识观念之正确与否就是本末颠倒，不知根本。而知此根本，要靠美感的悟性以及知性的分析力。

理知的防腐作用

　　人类艺术心理，有一种情形是很普遍的，逢到被视为"有害"的写实文字，必然引起争论，在中国如此，在外国亦然。争论的双方，各执一词，各有各的理由。中国人之于《西厢记》《水浒传》《红楼梦》……外国人之于《查泰莱夫人》《尤力栖斯》《嗥》《得救》……争论的基本出发点又是什么呢？

　　都不外是，一些坚持道德的观点，另一些则执着理知的立场。前者以道德观来卫护社会和人心，后者以理知为艺术和美感辩护。

　　在近代文学官司的争论中，最后都几乎是理知得胜。这可以见出理知在文艺批评中所引起的巨大作用。像英国《查泰莱夫人》那样的文学官司，在法庭上相持十年，终于解禁。在中国虽少有这样的显例，但是，真正的好文学，终归是禁不绝，一直受人民的喜爱长存下来，一样是由于人们对文学的理知心，战胜了狭窄的道德观而获致的。有些道学家，说过这样的妙论：《水浒传》不要流传外国，不要让外国人知道我们有这样的小说，因为里面讲盗贼，家丑不可外扬。

另有人说，《红楼梦》既不能禁绝，就不如都送到外国，使外国人中毒，以报他们把鸦片输入我国之仇，正是为了自己的本国社会，维持既有秩序。此种道德观，与英国某些牧师之于《查泰莱夫人》，亦真是异曲同工了。

理知对于"有害"的东西，有种防腐作用，在文学鉴赏上，比道德的防腐作用要大得多，由于它有"道德观"的好处而无它的坏处。它能辨明什么才是好文学、好艺术，这是道德观所不能胜任的；在此辨别的"理知"作用中，读者又能抗拒可能有的"坏"影响。

以读《水浒传》里所描写的淫荡事来说，用道德与用理知的角度就有极大的区别。有些读者虽不用道德，却亦不以理知，血气情欲方盛者恨不得化身为西门庆、潘金莲、裴如海、潘巧云，亦是有的。道德观者所虑的正是这些人，理知观者所要点化者，亦正是这些人，一个话：你们不可去读；一个说：你们要怎样读。后者当然有效得多，试以金圣叹教人读两位潘姓女人之偷汉为例，顺着他所指点，文字对话、情节气氛，细分缕析，读者会发现其中令人欲火情动的那点淫气，竟都给理知所化除、所消涤，而见出文墨之美来，这种防腐作用真是文评的大秘密。

这就涉及作品是否经得起分析的问题。奇怪，凡打大笔墨官司的作品都经得起分析，中外古今亦从无人为真坏书争论，因为毫无"鉴"的价值。

潘金莲叫"叔叔"

《水浒传》里潘金莲一段风流事，可以为我们的讨论提供好证据；就道德、美感、知见三方面，找出"鉴"与"赏"的重点；也使我们知道，对一部作品、一位作家，怎样才能做出公正的评价。

背了丈夫，勾引叔叔，不成，后来和西门庆搭上关系，毒杀亲夫，从道德的眼光，大可以删去不必写，淫乱之事，恐对读者有不良影响，写得愈真切，"诲淫"的效果就愈大，违背了文学劝善救人的"载道"宗旨。在此原则之下，道德观愈强愈狭窄的人，就愈会迁怒于作品，也谴责那作者，于是《水浒传》被禁，施耐庵被鞭尸。

我们曾说金圣叹评《水浒传》，能知性地鉴、美感地赏，两者俱备，不是说金圣叹本人并无道德六观，他的"忠君"思想使他否定水浒的领袖宋江，可代表他有传统道德的准绳；他这个人的道德之强，又可在他参与了类似知识分子的抗议运动中见之，在声讨贪官污吏的谴责书上有他一份，纠集千余学生"哭灵"，终至于死得极惨，那样的道德正是为仁求义，是儒家最可敬重的特质。

但他在道德与知性、美感之间，能平衡发展，理知与美感能独立于偏狭的世俗道德囚笼之外，读他评潘金莲一段，可见其人之才智与艺术心灵，无人读《水浒传》像他这样精细。施耐庵笔下写武松、潘金莲初见一段，原是极为巧究，一字一句都有意思在内。就以她对武松的称呼，一共就有三种叫法。武大说道："大嫂，原来景阳冈上打死大虫新充做都头的正是我这兄弟。"那妇人又手向前道："叔叔万福。"金圣叹批道：叔叔一。凡叫过三十九遍叔叔，忽然改作"你"字，真欲绝倒人也。

潘金莲一共叫了三十九次"叔叔"，每次语气都不同，到最后表露心意引他上钩时，说："你若有心，吃我这半盏儿。"就改作"你"字。及后事败对武大道："那厮羞了没脸——不许你留这厮在家里宿歇。"又"这厮""那厮"地叫了。在这短短段落之中，其他妙笔，像那门簾、那火盆、那后门等等，都有用意，金圣叹全分析得极透彻，这是知性。从用字行文描写中见出写得好——"文情如縠""辞令妙品""活划出""字字响"——这就是文字美，得自美感心灵。若用健康不健康为唯一标准，何能知此妙文？纯用道德观点，并无"鉴"与"赏"的成分，不能说对作品有真实的了解，理知心被埋没，美感力丧灭，就不能明白作者用心，更不足以看出他在那些文字上所下的功夫。

金圣叹与脂砚斋

金圣叹批书，与今之文艺批评又如何？今日的批评，是独立的一门学问，著文立说，刊在杂志或报章上，或出版专书。金圣叹则将意见写在原作的每回之首尾，写在内文的底下，与作品一起出现于读者之前，是奇特的体例，为中国过去所独有。在体裁上说固是截然两件事，不过目的倒是一样。但夹批、眉批、总批的优点，是能与读者共享，不像今之批评，在学报上供少撮专科学生研究。

在读者与原著之间，批评人是一座桥梁，把两者沟通起来，教你欣赏文学作品的方法。金圣叹说："吾最恨人家子弟，凡遇诗书，都不理会文字，只记得若干事迹，便算读过一部书了。"又说："吾特悲读者之精神不生，将作者之意思尽没，不知心苦，实负良工，故不辞不敏，而有此批也。"前一段话，道尽天下苍生，最肤浅的观赏文学的态度，大家都是追情节，求故事，而忽略了最基本的构成好文学的要素；后一段话，是指大多数人都不能了解真正内容，不明作者言外之意。

正视金圣叹批评的目的，就觉得有些人对他实在不公平，前清时代那些诋毁他的人的奇谈怪论，说他批书而受腰斩之刑，绝子断孙，乃为应得之报，已属往日迂论。但辛亥革命之后，虽经胡适大加推许，但仍有人认为："金圣叹……赞美小说，只是一种盲目好奇冲动罢了，何尝能懂得小说的真价值？他的评注……《水浒》……仍不脱时文家的陋见……"此吴文祺之论见于郑振铎编《中国文学研究》，下笔轻率，金圣叹批评《水浒传》是毕生阅读欣赏而来，何为一时冲动？他在文学技巧上的见解，摆在并世的西方人中亦是卓识，何能说无真价值？我们细究起来，将脂砚斋所评《红楼梦》，一加对校，即可发现他的影响。两评相距百年以上，但在这一个世纪之间，

_045

金圣叹所开创的批评体例，所用的专门名词，都被一脉承传地保留了下来。

脂砚斋在点出《红楼梦》的写作技法时，说这是"横云裁岭法"、这是"千里伏线法"、这是"草蛇灰线法"等等。又说这是"烘云托月法"、这是谁谁谁"眼中看来"，都是模仿金圣叹。每回有总批，每段每句凡有好的都按下赞语，亦不脱金圣叹的方式。然而最重要的是，金圣叹文学批评除了提供欣赏方法之外，也能对作家的创作有所补益。

我们虽然还没有证据，金圣叹对写作技巧的评论，对那位作者发生了直接作用，但曹雪芹写《红楼梦》，在某些方法上，确比《水浒传》更应合了金圣叹若干观点。《红楼梦》比之《水浒传》，又是极重要的小说大进步，金圣叹在其中有没有功劳，是一个值得探讨的问题。可惜曹雪芹没有什么记录留下来，有没有他读金评《水浒传》的证据？但若说他不曾读过金批《水浒传》，那倒是不大可能。

《水浒传》与《红楼梦》

　　《红楼梦》的作者，处处以《水浒传》作对比，你刚我柔，凡入梁山泊这个世界里的，都是转了性的女人，成了男汉，孙二娘、扈三娘、顾大嫂这类女子是夜叉大虫之属，已算不得是女子。曹雪芹一意与此相反，但凡大观园的一分子，男性也得成为女性，贾宝玉便是。你施耐庵这样歌颂纯刚之气，我就来个全柔的吃胭脂的男性。如果说《水浒传》的大部分女性，都是不受重视的，且着重的在几个名女人身上，描写女人之坏，男人都受她们欺骗和拖累。相反，曹雪芹笔下的贾珍、贾琏之流，多欲贪色，正是金莲、巧云的对照。不能沾染男性中之魔，与摆脱女性中之狐，两个观念，实如一体两面。鸳鸯之命运与卢俊义之受害，其实一也。

《水浒传》的出色英雄，天罡星三十六人，金圣叹分为上中下三等。《红楼梦》的艳女子，情榜六十人，其中正册、副册、又副册的，三等人中，各有十二，凑足三十六人之数，都是主角。此数字上的切合，实亦一奇。这些人都上应天界，各有一超经验的神话故事。《水浒传》好汉降世人间，行一番仗义、杀人的勾当；而《红楼梦》诸艳，则是警幻仙子的宫中，一一有所司职，坠入红尘，经历一种风情繁华的苦乐。主题虽有不同，而整个意想和格局，则是一"阴"一"阳"，遥遥相应。

《红楼梦》比之《水浒传》，进步不知几千里，自是因曹雪芹百世难匹的天分与努力。然而要是没有《水浒传》这样优秀的小说在前，《红楼梦》能否成之于后，亦可一问。艺术之进步，正是"业""业"相因，跨越一步，各有关联。中国小说的发展，自唐以来，有明显的脉络，是一步步走成的。但亦得逢其人，自曹雪芹以后无大小说出现，乃不逢其人之故。

我们或者可以视《水浒传》，为有助《红楼梦》之成的主要的"业"，有不少人都说《红楼梦》乃学《金瓶梅》，不经之论，实在说与《水浒传》的关系恐怕较多。有一个迹象，《水浒传》的不少优点，《红楼梦》都采用，《水浒传》的缺点，《红楼梦》都尽量避免了。这些优点，大部分都是经金圣叹指点出来的。

金圣叹批本，提出小说若干艺术原则，一般人会忽略，逢到曹雪芹绝世奇才，当必马上领悟。有趣的现象是，若使用金氏的原则，把《水浒传》与《红楼梦》印证，我们可以发现符合这些原则的，《红楼梦》实有过之，《水浒传》反有不及。因此两书刚柔之别、三六之数、寓言神话、写作技巧，不能说全是巧合。

《三国演义》《西游记》有所不及

金圣叹的时代，最为人称颂的小说，除《水浒传》外，是《三国演义》与《西游记》。将这三部小说分得出个高下，道得出优劣来，必然是有批评眼光的人才能胜任。金圣叹批论《水浒传》所以高出此二书的地方，不是乱说的。他说："或问题目如《西游》《三国》如何？答曰：这个都不好。《三国》人物、事体、说话太多了，笔下拖不动，越不转。……《西游》又大无脚地了，只是逐段捏捏撮撮，譬如大年夜放烟火，一阵一阵，中间全没贯串，便使人读之处处可住。"

与《水浒传》相比，这确实是《西游记》《三国演义》的严重缺点。《三国演义》的人物、事体、说话，多到拖不动，趄不转，并不是多了就不好，而是多到杂乱、多到无头无绪，多到像一团乱丝一样，《红楼梦》人物也是极多，《水浒传》又何尝少了，只是都有脉络可寻，都有宾主轻重的层次，都有纹理，彼此的关联。

《西游记》如大年夜放烟花，好评。读来"处处可住"，因为都是一段段的小故事、小情节，读者没有"欲知后事如何"的强烈要求，反正又是一段新故事，彼此并无必然的关系。所以金圣叹指它"大无脚地""没有贯串"。什么是"脚地"和"贯串"呢？这比如一张网，或一块绢绣，总是有个整体形式为基础，它的构成，是由横横直直的线条，经过组织而成。又比如一张画，它的全面构图就是"脚地"，它的线条、颜色就是"贯串"，构图、线条、颜色，配合得和谐、匀称，这件艺术品就给人"完整"和"统一"的感觉。

我想金圣叹的意思正是如此，读他一段话便知：

凡人读一部书，须要把眼光放得长，如《水浒传》七十回，只用一目俱下，便知其二千余纸，只是一篇文字；中间许多事体，便是文字起承转合之法，若是拖长看，却都不见。《水浒传》不是轻易下笔，只看宋江出名，直在第十七回，便知他胸中已算来百十来遍，若使轻易下笔，必要第一回就写宋江，文字便一直张无擒放。

他这段话一方面是教读者读小说之方法，一方面是点出作者作小说之法。

"七十回"当一篇文字看，把眼光放长，是有千里眼了。要将一部作品全面来欣赏，方可看出作者的用心和技巧，方能观照一部作品的全面优劣，才知道作者如何组织和构想，就是整部小说要当完整的机体来看待。十七回才写宋江，乃是一种组织之法，"张无擒放"是组织散漫平铺直叙之谓。这是最基本的艺术原则，只是犯的人太多了，如《儒林外史》《镜花缘》《老残游记》……不能尽录。唯有《红楼梦》，比《水浒传》更能体现这个原则。

水小
浒说

论《水浒传》的技巧

星宿•水流•小说

　　大自然中的事物，莫不"有机"。坚如顽石、柔若溪流。轻风、崇山，莫不有自存的自然之理。人体的肌肤、天上的星宿、大地川流与森林树木，无不有自成的"有机"序列。此种对大自然的"有机"观念，当中国人民自古老的道家思想中承袭过来了以后，用之于绘画，即成美制；施之于音乐，立生妙音；有用于科学，有成于文学，在诗词、文章、文学批评（《文心雕龙》《诗品》，乃取用自然观），莫不有有机观念的存在。它对中国各方面的文化成就，影响之大、习染之深、浸润之厚，自当引起国际学术界广泛深入的研究与重视。它在科学以及在西方近代观念之辐射，则已由李约瑟指出了。

用之于小说的撰作，把小说当作自存自成的有机世界，《红楼梦》是最成功的。但《水浒传》亦已具备。要之，"人为"的"机械"的"巧合"的"牵强"的"抽象观念"的迹象愈少，则有机自足的成分就愈高，就愈是好小说，在这点上无一部能及《红楼梦》。在文艺批评上，这也是一种有效的方法。看一部作品，是否作者跳出来，将情节、人物，硬生生地撮合安排，使读者看来无头无尾可循寻，便是无机之失。

《水浒传》十七回杨志要夺二龙山安身立命，在山头无端端拼上一头胖大和尚，大打数十回合，原来是鲁智深，为什么如此巧合？这乃是作者乏术，为了要安置鲁智深与杨志，要设一个立足点，但他们怎样能遇上呢？不得不设此巧合之计。诚然，并不是完全无理，因为鲁智深也是要夺那二龙山，恰巧相遇，也说得通，只是有点勉强，不尽合自然之机。反之，《红楼梦》里绝少这样巧合的事，但《水浒传》此段与同期及此后西方数百年间的小说相比，却绝非大瑕疵。

为什么在梁山泊之外，要这两位英雄独占二龙山，为什么不直入《水浒传》？这二龙山后来还有武松入伙。又为什么，同是梁山英雄的朱武、杨春、陈达三人，在书开始时是占据了少华山，不径直地就向梁山泊"回归""认同"？又为什么在各个山头据点之外，又在全书立了许多山下据点：东溪村的晁盖和石碣村的三阮兄弟、渭州小种经略、十字坡黑店，还有柴进的巨宅，登州、十里牌，所有这些据点，便都是肌理，是组织的一部分，在小说中作用非常大。用有机观来看，它们就像天空星宿在纵横系列的线索之中，一丛丛的星座，似江河横直相间里的湖泊沼泽，作用是读书中的人和事自然的相通相连。

偶然的与自然的

凡是"肌理"细致的小说，作者不得不逼着自己，尽量去"写实"。这里所谓"写实"，不是纯照人生社会现象白描之谓，亦并非社会主义唯物论所宣称的一定要"劳动"的受剥削的阶级。而是说，任何情节和事件，其发生、进展和结果，都是有"因"有"理"可循，都合于人世事象的。用个普通的话说，就是写得真切，就是令人信服，不会令人有"哪有此事？""真不真？"之感。

"《水浒传》不说鬼神怪异之事，是它气力过人之处，《西游记》每到弄不来时，便是南海观音救了"，这段金圣叹的批语，有助我们的讨论。"《西游记》到弄不来"，弄不来就是作者至此无策，给不出一个"顺理成章"的转折来，便借神助与法力，来解开作者无法自解的纠结。也许用《西游记》和《水浒传》比，并不适切，以《红楼梦》来和《三国演义》《水浒传》比，或较适当。由于《西游记》本就是神怪法力的小说，不能这样要求它，其他三书，都讲世间人事，就可以此为标准，来衡断它们的进步性。

我们不能说这部小说也伟大，那部演义也了不起，各有优劣，难分高下，但是我们怎样来定判断的标准呢？"偶然"之事之多寡，便是判评的准则之一了。

"偶然"的可以不重视合不合理。例如在战争中，借东风火烧连环船、孔明借箭、空城计，都是精彩笔墨，但以空城计为最上上，因这完全是心理战，为事理可能发生的。借东风则要借助法力，毕竟令人将信将疑。借箭又稍高一筹，因为算定天文，将有大雾，不必诸葛先生登坛作法也。

《三国演义》的撒豆成兵、呼风唤火之类，仍有不少，而《水浒传》，则大减了。但每读至公孙胜作法，常恨不得金圣叹删书时，不一并去之，留此赘瘤，在"肌理"上生了病。

话说回来，我们一旦将一百二十回本拿在手上，又觉金圣叹已经将此病医好大半，因为"繁本"多出许多神神怪怪之事，都是作者想不出如何在"策略""战术"上的制胜之道，"弄不来"的关要处偷懒敷衍而成的。

反之，《红楼梦》就完全没有了。书首的发梦，我们把它当作寓言，像《浮士德》之魔鬼天使一样，借助于文化中的宗教观来解释，《红楼梦》之梦，有佛教"宿命观"的意思，生有前定。除此之外，书中道婆纸人害人，也是社会上确存在的事，不必当神怪解。《红楼梦》每一人物相会分离，悲喜死亡，每一件事之出现和矛盾，都莫不有"因"有"理"，都不是"偶然"而是"自然"的，所以肌理自存。

志怪·历史·现实

《三国演义》一开始，张角就能呼风唤雨，符咒救人；张宝作法，风雪大作，飞沙走石，黑气漫天，滚滚人马，自天而下。后来那左慈又画龙取肝，千里取鲈，杀之不死，能使黑风，群尸起立。《三国演义》事涉神怪者不少，但比之在此前后的神魔志怪小说，已是大进步，迷信色彩减了。至于《水浒传》，宋江梦受天书，发梦自无不妥，真的得了天书，而到了战而不胜，情节弄不转时，又略翻天书而得救，却有"谈何容易"之感。戴宗日行八百里，在没有电报、电话的时代，战争斗智，总得有快捷的情报人员，使千万里外的消息捻指间而得，戴宗此人实不可少，而写得有趣。但他和李逵访公孙胜，独劈罗真人，李逵为黄巾力士听戏一段，却颇为荒唐。以使又有与高廉斗法，那公孙胜，口中念念有词，宝剑一指，反败为胜。

然《水浒传》之比《三国演义》，却又神怪迷信之笔墨大收，尤以金圣叹截去七十回以后，那些撒豆成兵的段落，随之俱去，显得爽利清洁。从七十回以后之神怪情节特盛，可以大致肯定是罗贯中的续貂。由此可见，到了金圣叹的时代，人们的观念已有改变，不再毫无怀疑地接受这些神法怪术，删之不足惜。中国伟大小说，到了《红楼梦》，神怪色彩几乎在书中完全绝足了。那块自出生即衔在嘴里的"玉"，应该与小说其他人物自胎里就带来的"瘌"等视而观，这是作者寄意，人类一生下来就有不可避免的"本能"与"欲求"，有人生必伴的苦痛。发梦的段落，可以从心理矛盾的角度来看，亦借佛家之宿命观（并非道家）以喻人生。绛珠仙草的神话，当为寓言，即《浮士德》的魔鬼天使。所以，自《三国演义》《水浒传》《红楼梦》，可以窥见人们观念进步的脉络，神怪色彩减少，表示"理性"色彩相应而增，亦显示愈来愈"现实化""人间化""现世化"。与早期的神魔志怪摆在一起看，更可为证。

写神怪、写历史，到写现世人生，不必斩钉截铁地说必有先后。但今天我们读《封神榜》，怪夸不入信而趣味萧然，历史小说之《三国演义》《水浒传》自然有味得多。又读《红楼梦》，乃真真实实的"现世"，又觉比湮远年代的古代历史故事更为亲切。而神魔在过去有市场，后来人们观念改变，作家不再写，可见与时俱进，愈进而愈入现世，乃为文学的途径。到后来，谴责小说出现，就更是活生生的当下世界。这不必与西方的宗教故事、英雄传奇、浪漫爱情、社会写实那种进程视为完全相同的发展，但现实化、人间化、社会化，似乎并无大异。

九命与一命

人说"猫有九命",乃是猫的生存力特强,九死而不死,在生理上是有根据的。只是有些小说,里面的人物,千次万次不死,都在临死的紧要关头,给解救了。《西游记》《封神榜》之类,属神怪小说,原无大伤,作者特逞其架空乱想之才,读者亦不要求情节是否合理,与《水浒传》《红楼梦》自不必同时而论。

从《水浒传》的肌脉理路看,乃是经过作者精心设计的小说。正是金圣叹说的"章有章法、句有句法","法"者,有组织之纹理也。不过,在某些关节眼上,仍存在着过分"巧合"的地方,又在某些重大的人物事件转折上,给不出合适的理由。

宋江是"人"，不是"猫"，但像"猫"一样有九命，临危而不死，一而再、再而三，故无多少合理精彩之笔，来给出他所以脱险的理由。其中大概以杀阎婆惜之后，躲在地窖，以及题反诗后被捕至劫法场得救，较为合理，但在九天玄女庙之死里逃生，却又属于神异的"招数"。

第三十一回（通俗本三十二回）题曰"锦毛虎义释宋江"，宋江被捉了上山，三个头领要剥了他，取出心肝来醒酒，王矮虎说是"取下这牛子心肝来，造三份醒酒酸辣汤"，那些小喽啰掇一大铜盆水，卷起袖子，手中明晃晃拿着一把剜心尖刀，双手泼起水来浇那宋江心窝，水直泼到宋江脸上时，他才叹了口气："可惜宋江死在这里。"一说"宋江"二字，当然得救。但一次巧合如此，何堪再用？

第三十五回宋江误投李俊、李立兄弟黑店，给麻药迷了，已经把他放到"人肉作房"的"剥人凳"上，李立在门前张望，等伙计回来就开剥，却恰李俊回来，谈起买卖，说是"捉得三个行货""莫非是黑矮肥胖的人？"，于是又得救了。与前述是大同小异的巧合。

又隔一回宋江再遇难，搭张横、张顺的"贼船"，作者是换了"招数"的，相当有趣，兄弟一个扮乘客，一个做强盗，吓劫过渡客人。做强盗的问宋江和两个公人，"你三个是要吃'板刀面'，还是要吃'馄饨'？"，描寓尽是生动，不过后来又因知悉原来是宋江，给救了。

同类的例子，其他水浒英雄亦有发生，巧合偶然，使《水浒传》在若干方面，不能脱尽"传奇"本色。诚然，我们可以解说，不如此，又何以显宋江"及时雨"，为天下英雄爱戴？只是，人有一命，猫有九命，严格说来，是有牵强。

有些人只爱《水浒传》不读《红楼梦》，却不知真正伟大的小说在彼不在此。

最先进的特例

《水浒传》的作者，最伤脑筋的事，莫过于将一百零八员英雄好汉，一一介绍出来。一百零八是个大数目，势不能全部都让他们一下出场，怎样定出个先后，极费心思。其次，定出先后了，又如何将他们聚在一起，不能都径直往梁山泊的方向跑，纷纷上山，东南西北天下英雄，像四面八方而来啃骨头的蚂蚁一样，太没意思了。又次，他们为什么要上梁山落寇，每个人都要有个理由，而又要各有分别，将这些问题摆在任何大小说家之前，都得大皱眉头。

《水浒传》与《红楼梦》，最大的分别亦在于此。《红楼梦》是颇合于希腊戏剧之"三一律"的，主要活动都在贾府，在大观园，重要人物都很早就全部出齐。不像《水浒传》，凡是大的情节几乎都不在梁山泊上发生，而是在天下各地，人物则一直到完卷时，仍在出场，如董平、张清。按金圣叹删书标准，人物出齐，书也该完了。

《红楼梦》给人的印象，场景如此鲜明，组织这样严密，描写如此细致，亦在于此。《水浒传》则难得此种效果，甚至不可避免地有松散之感。这是就《红》《水》对比来说，就《三国演义》来比，《水浒传》当然紧凑得多。

不过，放在世界的水平上，《水浒传》的作者是大才。我们只要打开回目一看，便知人物出场的安排，是经过精心设计的。可惜我们现在对作者的资料，几乎空白，他怎样写出这部书，写了多少年，经过怎样的艰苦，都不知道。编撰这样的大书，总不仅是将现成的故事编编删改而成。

小说与列传的不同，是在于人物和故事彼此关联，共成一个世界。《史记·刺客列传》有小说笔法，却无小说机体，因此严格说不是小说。宋江等人本来也是历史，但是我们不称记述他们事迹的"宣和遗事"为小说，亦无小说的机体。小说要有如真的世界、如真的活动。

　　人物出场是这个世界、这些活动的最基本的骨干。《水浒传》第一回先交代时代，一个寓言，接着引出王进，从王进引出"九纹龙"，又引出鲁智深，鲁智深又遇了林冲，再接到柴进，柴进介绍他上梁山泊，接上杨志的故事。一个连一个，各有事故，各有情节，彼此如网之相扣，那是第一大段落，写得极不平凡。在世界文化史上，就同时同代的发展言，应该是说"天下独步"的了。西方当然没有这样的小说出现，日本虽早有长篇，但与《水浒传》相比，在这线脉上，又怎定高下？

肌理与引线

《水浒传》这样一部大书，人物和事情又多又杂，让俗手来写，当必东拼西凑，这里一笔，那里一画，像乱涂乌鸦一样的。中国许多"通俗"说部，所以不及《水浒传》，所以不能登"小说艺术"的殿堂，正因无法把这个问题好好处理。

《水浒传》比一般通俗说部为优秀，比《三国演义》和《西游记》诸书为进步，先决的条件不是由于它的题旨和内容，有"农民起义"的所谓"革命性"。《红楼梦》之比《水浒传》又高出许多，亦不在所谓反映了清代中叶的"阶级斗争"，没有这种"唯物观点"赞扬的时代，它们一样是伟大的小说，一样是高占小说艺术的顶峰，一样取得广大人民的欢迎。

我们前面已说过，自《三国演义》《水浒传》《红楼梦》，一部比一部取得更重大的成就，乃是"艺术性"愈来愈完美之故。这不是我们现在才有的看法，在清朝已有人这样说，所以人们慨叹，若是金圣叹能及身读到《红楼梦》——"恨不得由圣叹来一评"，是基于"艺术美感"的要求，因为《水浒传》已被金圣叹誉为天下奇书，不知《红楼梦》更奇也。

　　我们说艺术上的完美，是"技巧"，而技巧之最根本者，莫若"肌理"——这是解说《红楼梦》时笔者已提出过的标准。那些通俗说部之欠缺者，最严重的毛病，就是无法处理小说肌理问题。

　　肌理也是在小说自成的那个世界中，能做到事事相关、人人相连，彼此呼应，在这些相关相连的人物和事情中又各有宾主、起伏、轻重、转承、始终，又在这些人和事的大情节和小情节的关系之网里，设计出它们自行作合理的进展——不是由作家硬跑出来，天马行空地让它们发生。从这个观点出发我们能懂得什么是好小说。

试欣赏《水浒传》第二回（通行本）史进与少华山一段，如何引出少华山，是从一个小情景小人物来开始的，而一切都是"自然"自行发展。那天正热，史进捉个交床在打麦场乘凉，对面松林吹过一阵风，史进喝彩道好凉风，只见一个人探头探脑在那里张望。按：这是不凡的笔墨，不加史进向松林望，借一阵风就表出了。史进喝骂那人，认得是猎户李吉，为什么认得？不必说他常来，而是借他的回话，要来找庄上矮丘乙郎喝碗酒（证明他常来），接着是从那个人来介绍少华山，不必由作者自己来说。以下接读下去，一直至史进弄出惊天动地的事体，散家出走，都是由这一阵凉风及那个猎户而起，贯穿相连——像火药引线，爆出了个山崩海啸。

纵线与多线写法

《水浒传》第一回至十二回，人物的活动是单线和双线独立发展、并行发展和交叉发展而成。到林冲给安置到梁山泊之后，如何从山上又把情节带到山下来，必须得一条线来牵引，这是作者独运心思之处；借杨志的故事来做引线，说他下山后历经卖刀、杀人、充军，来到北京，托出梁中书一段，然后乃有生辰纲。

笔者所以说《水浒传》一书乃经过作者苦心经营，下过很大的功夫来组织，因它有明显的脉络。一至二十四回，又是另一大段落，在这些章回中出场的人物，主要是晁盖、吴用、三阮兄弟、刘唐、公孙胜，这些人身份背景，本不同属，如何将他们牵拉在一起，乃定出智取那十万两金银的精彩情节？这段故事我们可以独立来看，但若摆在全书组织之中，便知这是其中有机的一部分，是作者要让这七人出场所用的手法。《水浒传》至此，已从直线纵形写法变为多线横形写法。就像我们在高阜看川流，东一条水、西一道河，从无尽处婉曲流来，至此前面出现一个大湖，云影水光、气涌雾罩、波起涛催，极好看的一个壮丽场面。

可见人物出场在小说手法中如何重要。作者是好小说家，顺笔借此加强了本书主旨，再一次（开始写高俅是第一次）托出时代背景，贪官搜得了许多民脂民膏来给岳丈送礼；正是奸臣当道，英雄不平，逼上梁山了。

此一场戏为了让这七人上梁山，用极聪巧的手法、极合理的设计，把这宗大劫案迅速破获。破案之后，七人不得不走，官兵不得不捉，上了梁山，借林冲把王伦杀了，晁盖为一寨之主，梁山才成为英雄立身之所。

为什么在那一大段情节里，要把朱同、雷横留在原地，在全书的设计中，这原是亦要上梁山的人物，说他们串通贼寇，因而一起上了山，实在易如反掌。但是这两个人留在原地，作用极大，他们乃为"线头"，有了这"线头"，好牵出别的人物来，试问没有朱同、雷横，宋江如何出来，怎样逃脱？小说至此又由多线横面进入单线纵形。而朱、雷的最后交代是在五十一回之后，一个是打死了人，一个是失了"老板"之子。作者是等到这两人，在全书的发展中，再不需用了，才不作引线，把线放出来。因此若说《水浒传》是不经精心设计而像"滚雪球""滚"大的小说，吾不信也！

　　在这些章回中是将北京、山东济州浑城县、梁山水浒、东京等四五个地方，连在一起写的，能一丝不乱、统一完整，在当时世界文化中，若谓有比这更好的小说，有更妙的肌理，吾亦不信也。

滚雪球·织锦绣

《水浒传》所以较同期前后的说部为优，如《三国演义》《西游记》《封神榜》之类，亦较后来的《儒林外史》《镜花缘》《老残游记》为高，其一是文字，其二是组织。把它放在世界文学的水平所以必占很高地位，正因它在小说技巧上有独到处。

说《水浒传》是"滚雪球"的愈滚愈大，依稀记得似乎是郑振铎或清人之见，待查。是谁先说的倒不重要，重要的是，我们要知道这个说法是错误的——如果所谓"滚雪球"，是指作者未经事先设计，信手随写随想，愈写愈多，下笔不能自休，则从《水浒传》之理路分明、布局深远、前牵后引、左拥右扶、种因收果、因人起事、顺势应人、如网织、如水连、若星列，则显然无法以"滚雪球"的方式滚成。

另一种说法是，《水浒传》是早就存在的故事，可能是已有片段的、大部分的话本，有戏曲故事的脚本在先，是以，或在说书摊上或在舞台上，都是已经有了"底本"的了。这种说法是间接否定了施耐庵创作的功劳，只给他一个"编辑"的名义，也把早期版本"施耐庵集撰"的"撰"字一笔勾销了。要判断这个问题，得大量阅读各种版本及翻查材料。不过，笔者虽未得机从事这种工作，却亦不能完全接受此一轻论。即有故事在先，但就这部书的布局看，施耐庵有创作的大功，金圣叹有删节的大劳，而金圣叹的观点，认施耐庵为创作者，《水浒传》并非"滚雪球"，乃是有章法（组织），乃一整体的结构，是绝对成立的。

《水浒传》故事的组织及发展，可以从第一回起至结尾，用图来表示，前面已略说一至二十回的文理——人物出场、设置据点、穿线牵人等等。

还说到纵线发展、平面发展的手法，二十一回以后，从平面又进到纵线，恰似几条水流一汇合，打了大旋回，又分又出去蜿蜒而流。借此大回旋引出了新人物，起了新线头，朱同、雷横、宋江，把宋江的"线头"放出，一直拉至另一据点——柴进庄上，即又接上另一"线头"——武松，让武松的线在明处发展，宋江的线在背后活动，在一明一暗的发展下，从二十一回直至三十二回，利用孔太公庄上两人又汇合一起。再分，宋江线又单独发展。

孔太公庄上宋江救武松，表面看来似太巧合，但是翻阅前面二十二回，早有伏笔，宋江陷罪后，对朱同说有三个安身之虑时已经点明。《水浒传》若是像小孩滚雪球滚大的，何能有此千里伏线？不，这是巧手大匠，亲自精心织成的华美细致的一片花锦。

直线圆圈的图案

　　《水浒传》较之《红楼梦》，肌理的纤维和脉络，显得单纯，如果说前者是平面的，则后者是立体的。我们可以用图案，很容易就表示《水浒传》人物和情节的发展，《红楼梦》则较难办。同是巧工织成的锦绣，《水浒传》线条分明、理路简纯，像是白描而成；《红楼梦》则是斑彩纷陈、线条纵横交杂，但觉一团繁华，极统一又极浓缩，却不能一目看清。

　　《水浒传》从头到尾，是从单线或双线的纵型发展，讲一两人的遭遇，然后转为回转型，转出一个大漩涡，一段大情节，以一人为主，许多人为宾，集体大闹一场。然后又转出单线纵型，再来大漩涡，更多的人的更大的事，闹个天翻地覆。

以后，又再如此。

从第二回起，王进引出"九纹龙"，"九纹龙"引出少华山，大闹了一场。之后，"九纹龙"引出鲁智深，鲁智深引出林冲，又各大闹了一场，一直至柴进、杨志，都是由简短的单线、复线，向前发展，结成小漩涡，至计劫生辰纲，是第一次大归结，大回旋。及后又走入单线、双线，形成了第四十回最大的高潮，前前后后牵动了四十名好汉，都以救宋江为主。宋江这一条单线，与四面八方的线头，互相连结，形成大圆波纹，浩荡汹涌。此后又再归入"黑旋风"李逵的单线发展，再有石秀、杨雄的复线发展。之后，又进入攻打祝家庄的集体场面，变成圆形的横断面。自此以后一直到结局，都大致这样。

也许正因如此，就给人滚雪球愈演愈大的印象。不过滚雪球是后面的尽数盖了前面，前面所滚的，都被后面的包盖了，再见不到。也就是前后没有对应和伏线，不起牵动的作用。《水浒传》当然不是。以朱同、雷横为例，在私放晁盖等人以及关照宋江的情节上，已发生过重要作用。但隔了三十回左右，他们又再出现，就不是滚雪球所能解释的写法了。

朱、雷二人本是一个"线头"，至五十一回利用一段情节，分成两个"线头"。先写雷横经过梁山与宋江会面，下山回去打死了白秀英，朱同救了他，让他投梁山泊，就剩下朱同一线。显而易见，最初让朱、雷二人留在后面，是带宋江出来。再后，将朱同一人留在后面，是让雷横出来。最后又设李逵杀小衙内，才逼了朱同出来。又借朱同、李逵不能兼容，留李逵一线在柴进庄，而有柴进的受害情节。

总而言之，说《水浒传》结构较单调明晰，是可以的，但人物和事情彼此有关接连牵，有组织、有布局、有伏笔，正是有作者的用心在内。一眼看出，以直线、圆圈而布成纵横交错的局，就是《水浒传》的总图案。

香气·钟鸣·军马

　　《红楼梦》第六回刘姥姥一进荣国府，描写了一只自鸣钟，听见它"咯当咯当的响声，像打箩筛面的一般"，这段文字作者实有特别用意，因写得不着半丝作态，容易为人忽略其中主要效果，以为是旨在表现大富之家有西洋自鸣钟这新鲜玩意儿，又意在衬托刘姥姥的"大乡里"连个自鸣钟都没见过。于是，就有人究《红楼梦》各处描写西洋钟表的题目来。

　　即有乡下婆入富贵家的对比作用，但不是本旨所在，实乃气氛的经营，为了凸显凤姐在刘姥姥面前的出场，比其他人威风。因为在此之前，已先后在刘姥姥眼中，见了许多气派：一见那守门的，二见那周瑞家的，三见平儿；在见平儿时，刘姥姥已是感到"耀眼争光，头晕目眩"，华丽得不得了，她见平儿"遍身绫罗、插金带银、花容月貌"，便当就是凤姐。这一段已经写得味道十足、气氛浓融。在平儿出场之前，还用了香气来渲染，刘姥姥"只闻一阵香扑了脸来，竟不辨是何气味，身子如在云端的一般"。

好了，写平儿已经用颜色、香味、陈设来渲染气派，但凤姐是更大的人物，刘姥姥最终目的是见她。作者就得另出高招，便用声音，刘姥姥"正呆想间，只听得当的一声，又若金钟铜磬一般，不防倒吓的一展眼，接着又是一连八九下，方欲问时，只见小丫头们一齐乱跑，说：'奶奶下来了'。"这是经营凤姐出场气势，不在自鸣钟的新奇，否则为什么前不响后不响，偏在她出场时响起来？与写平儿之香气一比，可见我们要多用心，才能读到作者的巧思和苦心啊！

以此为例，我们可以欣赏《水浒传》，对晁盖和宋江之入梁山，所设计的不同安排。如果我们把平儿比作晁盖，凤姐比作宋江，刘姥姥比作众英雄，那么，在众英雄眼中，宋江和晁盖应有不同的分量，作者得运用奇巧，来显出两者的不同。

晁盖之出场及入梁山，已是全书惊天动地的大事，他虽是梁山之主，但与宋江相比，分量较轻；作者在写他时，已用了劫生辰纲的奇特手法，又以他为主聚集了八九个英雄，已经极用笔墨了。作者怎样再写宋江呢？恰恰正是上述《红楼梦》里的手法，用了不同的经营，使显得更有气势，更有力量。宋江出场到劫法场、到入梁山，乃是平儿与凤姐一用香气一用鸣钟的一般，总之是要比前者更独特、更威势。所以平儿不过是小丫头掀帘子斟茶，凤姐却是一二十妇人来伴着侍候。晁盖所引动的英雄不出十个，而宋江却是数十以至千军万马不约而同地劫法场，宋江历受危难险阻，晁盖只是逃捕，这就是气势大增了。

薛蟠与"一丈青"

　　小说中的人物，个性是应该统一的，如果在某一情节上，他的个性与平日行为不符，就得交出原因事故。否则，将令读者奇怪之余，不明所以，个性上有转变时，好小说总是使人读来顺理心服。

　　例如，在《红楼梦》前八十回，有一个人物，极显著的是转了个性的，作者无须亲自解说，为什么他变了，只是写出他遭逢了如此的事故，以后便有不同的言行。薛宝钗的哥哥，原是纨绔子弟、粗鲁不文、淫欲骄横、恃势欺人。自到了江南贩卖货物回来以后，竟变成了一个"好"人，对母亲一时孝顺起来，给妹妹带回许多礼物，说话也比较有分寸了。我们都心中明白，为什么如此，只因为受过了打击，吃过了苦头，他要"吊龙阳"，却给那人打得脸上"开了菜子铺"，所以洗心革面，做点正经事儿，并且还和打他的人，做了朋友，还热心帮他做媒。

人物遭逢了重大的事故，改了个性，在现实生活中自必惯见。反之，如果有重大的变故，不写他心理行为上的转变，在小说中便显得不自然、突兀、粗率。《水浒传》大多数人物的个性是一贯的，写得精彩的多的是，只是有个别的情形，不能尽合人意。

尤其是女人，作者认为"好"女人的，笔下更显不足。最特出的例子是"一丈青"扈三娘，在宋公明攻打祝家庄的篇章中，作者写得极着力，主要人物便是这位女英雄，她是全书很关键性的人物之一，女人入寇，又对应前文十多回宋江答应过王矮虎给他找个女人的话，伏线甚长。三个家庄互相联盟，与梁山泊对抗，"一丈青"属扈家庄，与祝家庄有姻亲之谊，所以打祝家庄的时候，这位少女便骑一匹青骏马，抡两口日月双刀，引三五百庄客，前来祝家庄救助，还不仅因两庄本有攻守同盟、生死与共的关系，而是同时要来支援她的未婚夫、未来的公公婆婆，作者有意突出她，所以梁山英雄许多打她不过。

结果是她活捉了王矮虎，而她又给林冲捉了，后来几番冲杀，祝家庄给荡平了，她的婆家全部毁了，未婚夫给害了；接着，李逵往她的家杀去，把全家都杀精光，"他家庄上被我杀得一个也没有了。"两个家族父母兄弟亲姻尽殒，对"一丈青"是多么重大的不幸，但是竟不交代她的一丝一毫的心理反应。并且，宋江把她嫁给王矮虎，"一丈青"竟是"见宋江义气深重，推却不得，两口儿只得拜谢"，她能如此不念深仇大恨，如此轻易地接受嫁人，转了个性？不作一点转折的交代，太不合理了。

水中物·镜中影

金本《水浒传》第二回，史进要到延安府找寻他的师父王进，"投关西正路，望延安府上来，免不得饥食渴饮，夜住晓行，独自行了半月之上，来到渭州，这里也有一个经略府，莫非师父王教头在这里……"

很多人读小说，对这些文笔，只觉平淡无奇，忽略过去。但在识家如金圣叹者，却许之为"妙文"。他在紧接这段之下批道："出笔有牛头蛇神之法，令人猜测不出。"牛头蛇神，喻其不入凡俗，不落老套，为什么呢？他接着又批道："这里二字上省却'史进道'三字。"

照俗套的写法，必是"独自行了半月之上，来到渭州，这里也有一个经略府，史进道（或史进心想）：莫非师父王教头在这里？"

照此写法，问题何在？省了此"史进道"三字，又为什么好？很简单，史进是孤零零一个人独自走路，不加"史进道"三字，全段引文都可以当成是史进个人的现场写照，读者就像在荒山野路亲见这个英武少年，迤逦而行，一路来到渭州，看到了"经略府"三字（内心独白）：莫非师父王教头在这里？省了此三字，所得到的效果，实是"内外交融一体"的"现代"笔法，即他的行动、他的周围环境（客观），与他的内心思路（主观），都不染剔琢痕迹地连合起来。如果说内心是镜，那么外物就像印在镜中一样完整了。

加了"史进道"三字，为什么就不能"外内混然自溶"，因为"投关西正路，望延安府……"这一段话，就不是史进自己的行动自行表现了出来，而是由说故事者告诉我们，他如此如此，之后，他说了一句话："莫非……"，这句话虽仍是他内心的想法，不过，又是要借说书人指点出来，他的外在行动与环境（客）及他的内心思想（主），便得由这位施耐庵先生来连接了。他出现在我们面前，实在阻碍了我们看史进的视线。

内外交溶之法，在曹雪芹是经常使用的，比之《水浒传》用得更高一筹，更为美妙，全书处处可见。但施耐庵自亦不弱，只是未能全书贯彻，说书人跳出来的例子仍是很多。用得极好的地方，倒不仅三五次这么少。

试欣赏四十四回，潘巧云与和尚勾搭一段，裴如海做法事，潘巧云眼角传情，外面描写和尚念经，香烟缭绕、打鼓摇钹、歌咏颂赞、热闹得很。但是有三个人心里有鬼，潘巧云与裴如海各怀心念，石秀心中起疑，三人之间交织着神猜鬼测的心理斗争网。作者全是借石秀眼中来表达这些心理活动与环境气氛，写得内外如水镜影子那样，无一丝隔阻。这主客交叠之法，为金氏大赞。

酒帘儿到金纽子

金圣叹最重视的，是作者运用的"主观眼"笔法。他到处都批着"谁谁谁眼中看来"，正表示他极有"现代文学"的眼光。

为什么说是"现代"呢？试推荐一部有中译的美国小说《黛丝·密勒》（亨利·詹姆士作，林以亮夫人译，译笔佳妙，今日世界出版社出版）。那是最讲究"主观眼"笔法的小说之一。每一场景、每一动静、每一人物的动作和说话，都借书中正在进行的情节之一人物，来交代现场情形，而不是像传统旧小说所常用的，由作者来指点。将《黛丝·密勒》与《水浒传》《红楼梦》，用比较方法对读，将极有趣，因为都是大量运用"主观眼"技法的小说。虽然,《红楼梦》比《黛丝·密勒》早了百多年,《水浒传》又比《红楼梦》早了数百年,正是因此,我们可以说,中国的小说技巧,竟是有专美于"西方现代小说"之前的手法,而《红楼梦》,运用得如此完美,又大有可能受《水浒传》的影响,尤其是金圣叹之"发现"与"立论",或使曹雪芹更能对此技法"精里求精"。

金本《水浒传》第二十六回,交代武松"流放",就用了这些技巧。先是描写王婆眼刑一段:"便把这婆子推上木驴,四道长钉,三条绑索,东平府尹判了个剐字,上坐下抬,破鼓饶、碎锣鸣……前引后推,两把尖刀举,一朵纸花摇,带去东平府市心里吃了一剐……"金圣叹评道:"上文数行,都自武松眼中看出,非作者自置一笔也。"这一评语,正是他重视"主观眼"技法的明证,而以"作者不自置一笔"(即不是由作者出来交代)为高妙。

接着写武松和公差三人上路,来到孟州道:"三个人奔过岭来,只一望时,见远远地土坡下,约有数间草屋,傍着溪边柳树上挑出个酒帘儿……""三个人奔下岭来,山岗边见个樵夫，挑一担柴过去"，武松问路，知道前面就是十字坡。这一节的描写，行文简练，巨细不遗，是可以再三诵赏的文笔。难得的是，一直是以武松主观之眼，从远而近，在两个山岭之间一路而行的所见景色。

武松和两个公差一直奔到十字坡边看时："为首一株大树边，早望见一个酒店，门前窗槛边坐着一个妇人，露出绿纱衫儿来，头上黄烘烘的插着一头钗环，鬓边插着些野花，见武松同两个公差来到。……"这一段是小距离镜头，是武松眼中见那妇人"看见"他们，不是把主观眼转到那妇人身上。再写近距离，武松见她起身迎接，"下面系一条鲜红生绢裙，搽一脸胭脂铅粉，敞开胸脯，露出桃红纱，主腰上面一色金纽"。自对面山头的遥望直到见了这个妇人的腰上金纽，都是用的主观眼。

水小
许说

附 录

不忍卒读 （一言堂）

近日读胡菊人先生关于后四十回《红楼梦》的文章，而且是细心将"对白"和"叙述"两部分的"用字遣词"很用心做"比较"以后讨论的。本想等到全文读完以后，再略抒浅见，但忍不住手，且先略谈鄙人对后四十回的数十年来几乎不忍再读的一点"痛苦经验"。

我读《红楼梦》比我家的许多人都迟，已是在初中二年级了。那时已读了胡博士最早的"考红"文章，和俞平伯先生最初论及有正书局戚蓼生序本的八十回——有正标签曰"国初钞本红楼梦"的几篇论著。但我读的还是石印本锦章图书公司出版的民初的《绘图肖像金玉缘》。我已知道一个事实：后四十回不是曹雪芹之笔，是另有人续成的——即假定我们相信他是张问陶的姻亲高鹗。以后我读《红楼梦》和《水浒传》，可以说在中学、大学、抗战、大学迁湘、经粤、过安南、入滇以及不论火车、公路搭长途汽车、飞机、海船，好像《红》与《水》二书，成了我的"养身之病"，没离开过。但《红楼梦》

一书我总是只读到八十回止就不再读下去，除了中学二年开始初读《红楼梦》时，曾经可能读完过三次百二十回全的，绝对没"敢"再按下心读下去。而且多次为了作点"私底下的研究"，挟硬按下心，"理智地"想细读，也按不下心去。我们中文"不忍卒读"四字，到这时才完全体会到古人用字的苦心。后来人大了，我在国立北平图书馆借到戚蓼生本，这是我初读脂砚斋的评注。以后要到一九五一年冬在雪厂街思豪酒店因拆楼，将楼下之旧书店迁到附近（今太子街西侧），忽然发现了小字本的有正八十回戚本，立刻买了，这才开始了"胶执不化"与"泛滥无归"的研究。吾师潘光旦先生尝诫余曰：做学问最怕"胶执不化"，又怕"泛滥无归"，而我竟对红学恰巧犯此"八字"。

在我读了台北出版的林语堂的《平心论高鹗》之后，动摇了我从初中三年级由《论语》半月刊创刊起，数十年来热诚捧林的"信仰"，对林我是"有条件地"捧了，因为后四十回文字简直太要不得了。

红学的新路向 （黄南翔）

记得去年九月间，笔者在《自由谈》栏里的一篇《谈〈唐诗小札〉》的文字里，对刘逸生先生成功地以通俗的手法分析唐诗，特予"难能可贵"的评价；并指出通俗化工作对继承和发扬古典文学遗产，具有更实廉的意义。由此，我在文末特别提到《红楼梦》的研究问题，我说："近几十年来很多著名的学者都埋首于它的版本、作者等方面的考证工作，而对它的艺术表现手法的详细分析评价，似乎不多。其实，这种工作的重要和意义，并不下于前者。"胡菊人先生近来发表了一系列这方面的文字，个人觉得特别可喜。

《红楼梦》不愧是一部伟大的作品，这断非由某学者"吹"起来的，值得构成一门专门研究它的学问——"红学"。固然，在中国的古典文学巨著中，《水浒传》《三国演义》等都不失其伟大，足可震古烁今；但《红楼梦》最值得它引以为荣之处，乃在于它不是一般的话本小说——由许多说书人在民间不断加工雕琢和丰富起来的，而是真正的创作小说——贯串着作者鲜明的世界观和独特超卓的艺术的表现手法。这正如鲁迅所说的："（《红楼梦》）全书所写，虽不外悲喜之情，聚散之迹，而人物事故，则摆脱旧套，与在先的人情小说甚不同。"（见《中国小说史略》）事实上，自《红楼梦》诞生以来，我国还没有任何一部小说可以跟它媲美争辉；而新文学运动后所出现的那些很有影响力的小说，有的也可以找到受了《红楼梦》影响的痕迹。

今天无论是内地或海外，《红楼梦》都已成了越来越普遍的文学读物，内地甚至还掀起了《红楼梦》热。更可喜的是，这部名著这次还真正有了一位西方的知音，David Hawkes已将该书的前二十六回翻译成英文，出版了第一册。译者在该书的序文说："如果我能把此书给过我的快乐，部分传给我的读者，则此生没有白活了。"看来《红楼梦》将会为中国文学在世界文坛平添光彩，不会让《战争与和平》和《双城记》等世界文学名著专美。

个人从不否认《红楼梦》考证工作的重要意义，但始终觉得平实地评介这部作品的艺术表现手法，没有引起应有的重视；在考证的相形之下，未免失诸轻重。时至今日，值此《红楼梦》发生广泛影响的时际，单有何其芳、墨人或其他人做这种努力，显然是不够的；假如也能像考证一样热烈，也许对一般的读者更有裨益。个人认为这应该是研究《红楼梦》的新路向。

从肌理到视象 （黄南翔）

胡菊人先生日前几篇谈《红楼梦》的"肌理"之文字，读来饶有兴味。对于"肌理"，胡先生曾举了狄更斯的《双城记》的一段描述，作为阐析，并且还援引了电影为例作说明。这使我联想到文字的视象效果问题。

记得有一个笑话：在表演一出以"五四运动"为背景的趣剧时，一个饰演卖国贼曹汝霖的演员，把"我，遗臭万年的曹汝霖"中的"遗"字念成"遣"，引致观众哄然大笑。这位初上舞台的演员，一时慌了手脚，忘记舞台上有一道虚设的门，竟然"穿墙"而出，结果翌日有一张报纸的标题，赫然出现了"昨晚遣臭万年的曹汝霖钻壁"幽默字句。这个例子虽然是戏剧,但它的反"肌理",却也可以启示我们讨论文学"肌理"与视象的关系。

本来,文字本身的视象力,较诸电影或戏剧来是有一定限度的。它对事物的描绘,只能达到"近似"的程度,需要读者进一步发挥想象。所以文学对于形象的处理,必须具体,以给读者造成更真切、更鲜明的视象。

论起视象,在各类艺术中当推电影最为人所熟悉。有人说电影是由文学所哺育出来的,记得以前读一些苏俄电影理论书籍的时候,那些著名的电影理论家,每每喜欢从托尔斯泰的《战争与和平》,以及普希金、果戈理等古典文学大师的作品中,举出电影式的视象与思维的例子,说明优秀的文学作品,如何从生动具体的描绘中,带给读者有如电影视象般的感受与满足。文学中的"肌理",含蕴的是这种境界。它的描写,不但应该带给读者充分的可见能力,而且应该精确地掌握到场面的大小与氛围,严格地揭示出合乎生活实际的视象逻辑,用以带给读者真正的身临其境的感觉,不致发生像狄更斯隔着几堵墙而看到黑衣人,或者"遗臭万年的曹汝霖钻壁"的不合视觉规律的笑话。不过，要真正做到这样可不容易，即使像电影这样的"视觉艺术"，也常常有违反视象逻辑的现象出现。

曹雪芹在《红楼梦》中呈现视象的技巧，真是高超极了！我们可以王熙凤的出场为例。这位俏艳能干的贾府"总管"的出现，作者把她安排在接见黛玉时的特殊场合上。她的"接见"，并非在贾母与黛玉相拥悲痛的"气氛特殊"的时刻，也不是邢、王二夫人及众姊妹到来时"万花缭乱"的常见；而是后来随着她的一声"我来迟了！"而使我们的视线完全集中在这位"恍若神妃仙子"的"凤辣子"身上。在这一系列过程中，曹雪芹掌握事物可见性的精确程度，真是达到了"肌理"的最高境界。

梧桐先生来信

菊人先生大鉴：

先生近日于《明报》专栏中畅论小说肌理，颇有可观。但如果推而广之，以为小说之优劣全系于"肌理"，则不敢苟同。《红楼梦》之引人入胜，固在于肌理细腻，移步换形，不露痕迹；但人物之个性鲜明而有深度，文笔之骈散杂用而又极臻口语化，乃至于思想之尖新活泼亦为重要因素。倘若权衡轻重，诠释主次，则此数者之重要性似更在"肌理细腻"之上。因为《红楼梦》毕竟是一部以人物命运为中心的长篇小说，读者首先注意的是人物的活动及其关系之发展，肌理细腻与否当然会影响及读者的艺术感受，但不可能是决定欣赏者艺术评价的首要因素。未知先生以为然否？

关于中国古典小说艺术技巧的探讨是很有意义的工作，似不必担心陷入唯技巧论。近来还有人醉心于考证，把关于曹霑的有限的材料炒完又炒，实在是浪费精力。先生独辟蹊径，发前人所未发，此种精神，值得赞赏。期待着先生的更为深入的研究。

端此　敬候

撰安

读者　梧桐

一九七五年四月九日

来信答问

论写《红楼梦》期内收到不少读者来信，其中章小千先生来了两封，提出几点质问，问题之一是：用"跌足""跺脚"来别文字之高下，来贬高鹗之"续书"甚为不当。他说："须知跺脚跌足，只是提起脚来，用力踩下或踏落的形容词，总称谓之顿足，原无所谓男女之应用与否的。"

本人不大能同意章先生这个指摘，原因是在前八十回里，确是分得清清楚楚，女性从不用"跌"，而男性则绝少用"跺"，只有一二例外。我认为在曹雪芹笔下，是极注意此字，并不似章先生所认为可以互用。其次，章先生大概读过《水浒传》，第三十二回宋江到清风山，与三头领诉说武松如何英雄了得，三个头领"跌脚懊恨道：我们无缘，若得他来这里，十分是好"。可见，早在施耐庵笔下已有用"跌脚"来形容男性。并且，《三国演义》的男性也是"跌"足的。可证曹雪芹熟读这些书，绝不如章先生说的这样简单。况且，"跌脚"此两字，在中国恐怕已有千多二千年的历史，《汉书·扬雄传》"不知一跌将赤吾之族也"，此处"跌"字虽与《红楼梦》之用意有所不同，但颜师古的注，可使我们明白"跌足"的意义，他说："跌，足失厝也。"可以供我们参考。

第二点质问：他说，"高鹗续《红楼梦》，显然是一大功臣。"对我"对于高鹗的贬抑"，多令他不敢苟同。"在当日的高鹗，能够凭无可稽的题材，续成其绘声绘影的《红楼梦》，已是一绝。不料时至身后，对其求全之毁的，竟大有人在……然毁者苟能从大处着眼，则情尚有可嘉，无如斤斤琐碎，一唱百和，实为智者所不屑为耳！"

本人不认为这样评论后四十回就是事涉琐碎，后四十回必须作更琐碎研究，一段一段比较，一字一字推敲，或会更明白高鹗是否为续书。章先生有没有注意后四十回有极佳文字，是极有修养的人才能写出的。例如王国维在论《红楼梦》中所引的那大段文字，就出自后四十回，确是写得好，而王国维是大识家。除了这段以外，又另有不少不错的段落，最为人所熟记的某些句也出在后四十回，如"不是东风压了西风、就是西风压了东风"，如"任他弱水三千，我只取一瓢饮"那整段，如写黛玉之病（八十二回），黛玉之死，以至到一百二十回的结尾，都有好笔。但另一面看，坏笔败着却是更多，有些根本不能原谅，如在对话中老是用"再者、再者"，而不是像前八十回的用"一则、二则"（这才是口语）。

从坏文字中有佳笔这点来看，高鹗可能不是真的写成后四十回。愈来愈多的红学家已否定是高鹗成书之说。

七月五日赵星樵先生来信

胡菊人先生：

我很喜欢阅读你的《集思录》，但最近有点"腻"了。为什么老是《红楼梦》梦个不停？我认为《红楼梦》的确是好作品，但并不如胡适推重得这样厉害，老实说胡适名气太大，而实学（指国学）有是有些，但远远不称其名，便只有标高立异，攀出"哲学""红学"来遮掩一下。你是一位有修养的作者，又何必乐此不疲呢？

祝安

读者　赵星樵

七月五日

来信答问

赵先生信后的"祝安"却令我极不安，称我"有修养"已经使我大为惶惑；更隐然说胡适不成，就更令我不知如何是好了。自己在任何方面，都不能与他相论，他对白话文运动、对民主自由观念的传扬、在学问研究上之开风气、立宗派，他清晰畅晓的文体，他的四大部《胡适文存》及其他著作，都是成就，都是功绩。笔者目前一无所成，是以，这些推许是断断不当，反增我无地自容的恐惧与惭愧。

赵先生的信原意或不在此，实是叫我不要再写《红楼梦》。但我以为自己并非跟着胡适先生的路向走。其实，这里所讲的《红楼梦》，与胡适的根本不同。他是纯粹考据，把《红楼梦》的故事，当为是曹雪芹的自传，都不是本人着眼之处。我们是就小说论小说，探讨它的技巧，它在世界文学上应该有的地位。是从文学与艺术的角度来看它。在这方面的研究，与胡适开始的红学路向大有分别。当然这也不是由笔者发其端，脂砚斋评《红楼梦》，论及技巧的就很有卓见。友人告诉我大陆的何其芳写过《红楼梦》技巧方面的书，台湾的墨人，也有这方面的著作，可惜笔者都无缘读到，相信他们一定比我说得好。

红学研究——胡适是自传派，蔡元培是索隐派，这两派亦都不是他们自创，清朝早有人如此探溯。胡、蔡二人，都是五四时代新思潮的大运动家。蔡元培提倡"美学教育"，以艺术来陶冶性情、造就人格。可是对《红楼梦》这部正应该就美学观来研究的作品，却堕入到偏狭的"政治道德、民族忠节"泥沼里去，说它是反清复明，凡红的代表明朝，所以宝玉爱吃胭脂。这一派又有人释书中之句，女人是水做的，代表汉人，因汉字从水。男人是泥做的，代表满人，满字也从水呀！怎辨呢？就说满人原叫"达达"，达字起笔为"土"。淤塞心智竟至于此。《红楼梦》里的红字若代表明朝，不知他们对凤姐"下红之症"又作何解？

自传派也有无稽处，把书中一切人与事都看成世家真迹，谬误之处自不可免。胡适是新文学的宗师，竟不从文学观点来看这部大作品，真是奇行异事。但不能说他的考据全无价值，我们热望知道曹雪芹其人其事。

版本·集子·其他

读者杨平先生来信："很想购到有金圣叹评注的《水浒》，及脂砚斋批注的《石头记》，但找遍港九不少地方，均无法买到。"要笔者介绍书店，这却是笔者自己也要向人请教的难题。月前曾到一家湾仔的大书店，游目细看，消磨了半个钟头，无意瞥见高高的书架角落上，竖立着两部小厚本，竟是《石头记》和《水浒传》，太高了，要劳书店小姐拿小凳取下来，有眉批夹注的《石头记》，一百二十回的《水浒传》，是过去大陆的排印本，原始定价不过是十来二十元，现在既然绝版，我要是书店老板，来给它们定身价，是要委决不下的。但开这家书店的朋友自然识货，书背后的三位数字，我再三问是不是定价，他也再三答了个"是"字，令我吓了一跳，对我同样是高不可攀，他大方地说：随便拿去参考好了。

　　不好拿去这样贵重的书，又买不起，相信这两部绝版本还在，杨先生或者仍有机会。我又要了一个书目，上面有台湾的金圣叹批才子书《水浒传》，是线装。定价似是五百八十元，倒比前看两部少了两百多，但现在没货，我有意订一部，后来想想，大陆上那套线装《红楼梦》，高鹗的一百二十回手订本，亦不过接近一半价钱而已（只是香港难买），有点不合算，把原意打消了。

笔者现在读的金批《水浒传》，是从沈鸿来先生处借来。一言堂先生说他有金批的贯华堂本，可以借给我，却不在手头，在金庸先生处云。据他说金庸先生有意重印出版，倒真是一件大功德。

一位年轻友人，有次到友联书店，见到一部脂砚斋批《石头记》，是胡适的藏本，一函两册，回数不多，他问还有没有货，结果从货仓搜出六十套，完全买了去，照原来定价。我向年轻人要了几套分送，最后剩下两套，其一已送给侯榕生女士，无法再出让给杨先生，歉歉。

关于金圣叹，笔者认为他在文学批评上有建树，不应一笔抹杀，却亦同意四近楼先生在《星岛晚报》上的论点，金圣叹对宋江及一般"水浒英雄"，骂得过分，我们称赞的只是他对技巧的独得之见，不必赞同他的"忠君道学"观点。

三年间在此栏先后谈《红楼梦》及《水浒传》，很多读者要我出书。但是在字数上现在只得六七万字。又都是匆匆赶写，必得经过整理增删，一俟有空，就会做这件工作，以酬读者雅意。另有一些未写出的意见与看法，如对《红楼梦》后四十回的批评，后四十回似不完全出于高鹗，又非曹雪芹笔墨，可以从文体和肌理来论定。

读者张恒先生来信，要我将《红楼梦》人物一个个分析，以见曹雪芹运笔之妙。

《红楼梦》里的人物，都有特殊的经营手法，大可以一一写来，成为一部十数万字的《〈石头记〉人物描写技法总考》，但是这样一来，就变成纯粹的分析研究，是学院式的功名文章，在报上出现甚不适合。

是以我们只拿迎、探、惜三人为例，不再及于其他。留个咀嚼的余地。否则，就是把《红楼梦》肢解了。条分缕析，巨细无遗，笔者不愿这样做，因为《红楼梦》的优点之一，是含思蓄义，有不言之言、不寓之写，现在笔者已经犯过了。因此，就是对贾家三姊妹，也不再进一步说她们的个性如何如何。

这原是中国与西方文学批评的异处。中国过去的方式，无疑受现代人非难。有些人甚至说，中国根本就没有文艺批评。中国诚然较少文学的系统性评论，但有不少著作。我很欣赏《诗品》上的"品"字，也喜欢《文心雕龙》上的"雕"字。拿好诗妙词，尝为品茶赏花一样来欣赏；以天下文体像各色的雕刻（文字像雕龙纹）互相比鉴，再综合成一种"文艺观"——本身就是一件美丽雕刻。《人间词话》属此类，这都是与现代西方不同的。

中国人不取"分析"心态。从而，我们也了解到，为什么中国人过去的诗文鉴赏，只是加注加疏，把难解的字注释出来，把奥玄的义点明出来，却不会将整首诗、整篇文章，予以分解。大概中国人太少逻辑析理的训练。可是，与其这样说，就不如说是，中国人太重视"全"，重视"合"，喜欢含蓄，倾向于"言有尽而意无穷"，讲究"尽在不言中"。这种个性上溯二三千年，或更早就已形成。

中国的文艺鉴赏，除了《诗品》《文心雕龙》以及《注疏》之外，尚有另外的方式，其中之一是"批""评注"，也有大量的"诗话""词话"。所以说中国没有文学批评，也是不尽不实。就以《红楼梦》而言，就有极受重视的"脂评""脂批"，"批"与"评"两字都是脂砚斋自己用的，他的批本，不是自"五四"领袖的胡适才受注意，在他那时代就为人争相传抄了。但是这仍不是西方式的"批评"，也就是说，不是纯分析、纯拆解，而是零碎而欠系统的"品味"与"鉴赏"。

不是说西方分解的方式全然没有价值。但要对一篇作品像一块矿石，拿到化验炉上做定量分析，把美人的皮肤、眼睛，放在万倍显微镜下观看，却也不妥。现在的难题，是怎样把中国和西方的优点融通起来。

小说水浒

跋

跋[①]

这部小集子[②]的文字，是在香港《明报》日报上发表过的。一九七二年写过三四万字，一九七五年又写了数万字，现在略加整理编收在一起。

在报上发表的时候，每次写一千字，定个题目，显得很零碎，没有什么系统。幸而大致上每篇之间还有点连贯性。只是显得题目多了一点，为了维持原貌，大部分原题不予删除了。

内文作了些小改动。我恐怕虽经二次核校，错误的地方还一定不少，希望读者多加指正。

编者注：①本文原为《<红楼><水浒>与小说艺术》一书的跋。
　　　　②指《<红楼><水浒>与小说艺术》一书。

《红楼梦》这部伟大的小说，自非数万字可以详论其中精妙。就是"观点"的运用也可以好好写一部书。但是一则是在报上写短文章，不便多引原文，写来就不够透彻。二则自己杂务太繁，没能静下心来研究。三则是个人的识见学养，不能尽窥其中奥秘。总而言之，自己并不满意对于《红楼梦》只是写出这么一点点东西来。

　　我自己由于没有一部金批《水浒传》，借来以后，匆匆读完就璧还了。遗漏它精彩的地方也当然不少。希望将来自己能弄到一部精读，将金圣叹的批评发扬而光大之。

　　　　　　　　　　　　　　　　　　一九七七年一月一日

水小
浒说

附编：略论小说艺术

小说优劣的关键

技巧进步的通则

从小说的发展史看，有没有某种规律，是中西相同的呢？从已有小说，找出其中进展的特性，摆在历史的轨道上，鉴定它们"进步"或"退步"，是否可能？

中国清代小说自《儒林外史》《镜花缘》，直至晚清所产生的"小说"不能说少，《老残游记》《二十年目睹之怪现状》《文明小史》《官场现形记》《负曝闲谈》，这一类作品在内容和技巧上都有共通点。它们既展示了内容的"进步性"，又暴露了技巧的落后性。

若说小说也与国力民心、天下大势有关，那么，也与社会、政治、经济、科学各方面的情形一样，亦会停滞不前。中国小说自《红楼梦》以后，即无大成。

所以走下坡，与其说是内容，毋宁说是技巧。鲁迅就批评《儒林外史》："全书无骨干，仅驱使各种人物，行列而来，事与其来俱起，亦与其去俱讫，虽云长篇，颇同短制。"这是技巧的不足，《儒林外史》如此，上列其他小说亦无一例外。

无论是攻击科举、反抗封建、提倡女权、暴露社会黑暗面、揭发官场的腐败，这些作品都是要针对现实，反映时代，眼睛注视着人间，笔尖直指现世社会，在内容上是进步的。

但是小说的进步，分两方面来讲：一是内容，一是技巧，两者必须同时前进。设若一方虽然进步了，但另一方却是疲软无力，就等同于两匹马拉的车子，一只马抖擞向前，另一匹马倒毙地上，连带好马也受累。晚清小说正好是坐在这样的一驾马车上，那匹代表意识观念题材的"内容之马"，跟着历史的路轨拼命向前，另一边的要表现此内容的"技巧之马"，却是力弱神衰，便在小说艺术的宝座上，给降了格，贬了下来了。

笔者不赞成以意识尤其是一家一人的政治意识为批评的绝对标准，妄顾表现技巧，正在于此。这些小说在题材上、在意识内容上有若干"革命性"，我们今天不能不肯定它们这一点的意义，但因技巧不足，便绝不能像莫泊桑和左拉那样发挥大影响。

中西文学相异之处当比相同之处为多，西方文学自古典主义发展至"现代主义"这进程在中国没有，这就产生了比较上的困难。近五六十年来，我们习惯以西方的词汇和观点，来评定中国古代的文学，说李白是浪漫主义，杜甫是写实主义，其准确性有多大，是颇成疑问的。一定要这样分类，则李后主是什么主义、陶渊明又是什么主义？姜白石是写实还是浪漫？对于小说，我们也同样加它一个西式标签，《红楼梦》是写实主义、自然主义，然则《西游记》《三国演义》《水浒传》……又各属什么主义，是很难判得分明的。在中西文学的比较言，笔者认为在内容、意识上来互评，实比较从技巧上来合观，来得困难。如果那些什么什么主义，不是指表达方式而是指思潮，则必然是不能相合的。思潮和观念，来自于社会、时代、生活，根源在于不同的文化背景。是以中西方虽都有历史小说，内容却绝不可能相同，史各脱所写的，与罗贯中所写，都为历史，面貌却不一样。

但问：为什么中国与西方，过去在文化观念互不影响之下，同样的文学体裁，却是先后出现的呢？这个问题虽浅，却也是"真理"，在体裁上，戏剧、诗歌、散文、小说，都有相同之处。因为没有一个国家，其小说是以诗体而不以散文来写的。也没有一种韵诗，是以散文体来写的。反过来说，韵脚字数相协的文体，无人会称为散文。

体裁有所同，而内容却未必同。同样，技巧有相同，而内容绝不同。技巧上可以比较，因为它更有效。意识或什么主义，却因文化相异而无法免于附会之讥。

正因如此，笔者特别标出"技巧"来立论，在中国小说之比较是如此，在中西小说之比较亦然。把西方的小说家的作品，与中国的摆在一起，你会发现，他们在技巧上都遭遇到同样的困难。坏的小说无论中西，缺点都几乎相同。比较早期的或劣等的小说，都有"说故事者"的毛病，未能建立自足的小说世界。交代人物，都有牵强硬凑之病。而比较好的小说，小说技巧进步了，亦必是"作者说书人"的身份，愈来愈减，读者与小说世界愈来愈接近。

这正像是中国、外国都有衣服，衣服的颜色、样子都不相同，但得有剪裁、得有缝工一样，缝工、剪裁是技巧问题。小说亦然。把小说技巧，一家家地互评，怎样进步，怎样除去缺点，当然是可以的。

清末"谴责"小说都大致采用同样的写法，轻易地答复是作者们都学《镜花缘》《儒林外史》。所以学步前人正是对于自己想要表现的题旨，技巧上无力承担其重负。

他们所用的技巧，是雏形的。就长篇小说的发展言，只是早期的阶段才会运用这样的方式。以英语小说为例，在较早的时代，大都通过一个人物，英雄式的冒险和旅行，在路上所见所闻，成为小说的主要内容。亨利·菲尔丁他们，在十八世纪，只能运用这般笔法，去引动人们心思。到了十九世纪，就跨进了另一阶段，白朗蒂姊妹、狄更斯他们，就开始组织小说的世界，不再是上一世纪那样漫无章理了。

我们可以看出来，小说世界的有机性，是一步一步完成的。在表现方式上的重要性，实不下于内容和题材。在英语小说言，可以说是同时俱进。因为，内容转进到追上时代的题材，技巧若是停留在古代的阶段，势必像一个穿了碧姬·巴铎的露胸装却配上潘金莲的小缠足一样。若起狄更斯于地下，势必对D.H.罗仑斯、詹姆·乔哀斯、亨利·詹姆士的表现方式，敬佩赞叹，何以自己早不运用这样的技巧？在亨利·菲尔丁他们而言，又早生于狄更斯他们约一个世纪，起于九泉之下，读到他的《双城记》《大卫·科波菲尔》，如此的结构严谨、组织布局层次分明，不禁向上帝抗议：为什么不让我迟生，好写出更像样的小说来？

对我们现代人，回头后顾，却是历史的真实经验，我们只要将数百年间的小说，选取样本，一一比较，就可发现表达的方式，亦即技巧，是有踪迹可循的。不是一般名词——浪漫主义、写实主义、自然主义、超现实主义……可以概括。诚然，这些主义代表一种思潮，但也有技巧在内。试看二十世纪之初，英国的文学运动，对攻击写实主义、自然主义所持的理由，与其说是内容，毋宁说是技巧。他们攻击传统布局，不是真实的人生，是就表现方式而说的。他们如评《双城记》，不可能是法国大革命的题材，不可以写，而是那种表现的方法，乃布局设计"假造"而成。

由此可以佐证我们说晚清小说内容进步、技巧退步的论点。在这些小说之前，我们已有极进步的小说结构：《水浒传》《金瓶梅》《红楼梦》。其中以《红楼梦》，不仅菲尔丁他们万万不及，就是十九世纪的大师也叹才浅，但是晚清"谴责小说"的作者，所运用的竟是菲尔丁他们的早期技巧。

游历式的"长篇"小说，以一个或几个人物的"冒险遭遇"为小说的内容，或将一些人的见闻，一个个小情节、小故事缀合成一部长篇，是早期小说的手法，实由于这最容易掌握和处理。此类手法，在当时言必使人觉得新鲜，但"现代人"回顾过去数百年间的小说，就知道它比较简单，所要求于作者的才能，绝不像后来的严苛。它不必理会人物与故事彼此之关联，不必顾虑人物的言行与性格是否相合，亦无须着重心理矛盾、性格冲突的描写。

《儒林外史》的吴敬梓，与《汤姆·锺士》的菲尔丁，是同时代的人，他们死于同一年（一七五四），都以游历遭遇来写小说。游历小说英文说是Peregrinatory，以讽刺的笔触，来表达作者对社会的看法。两者就严格的意义说，都是"无骨干"、"散漫"、欠肌理。

中国到了李汝珍，亦并不高明到哪里去，同样是讽刺世俗，不比吴敬梓为深沉，而在"肌理"上反有不及，虽然他晚生了一个世纪，却毫无进步。反之在英国，与李汝珍的同时人之珍·奥丝丁，将小说肌理带至一个高妙的境界。如果我们不是在早期已经有了《红楼梦》，则又有"万事外国好"之叹了。

又过数十年，历史的脚步就要跨进二十世纪，十九世纪尽头的那些谴责小说，仍是停留在串联小见闻、小故事，或以游历记趣的技巧上面，百多二百年的时间实不算短，小说家在技巧上为什么仍是缠了小脚，举步艰难呢？必要转头学外国，弄了个五四文学运动，重新起步，渐渐学会了外国小说的"肌理"，可为"肌理典范"的《红楼梦》并无信心顾一眼。清末中国小说由于技巧不足，林纾所译的外国小说，夺取了中国小说的人心和市场！

小说之所以是"艺术"，所以有感染力，内容之外便是技巧。就像一块玉所以引人爱惜，在于质，亦在于雕琢精美。技巧不足的小说，虽然有很好的素材，如《儒林外史》之讽刺科举，《老残游记》之暴露酷吏及同情妓女，《二十年目睹之怪现象》之反满，都是好题材。但题材正像一块开采出来的玉石，要是在大匠之手，就出精品，在学徒之手，就出劣货。

晚清小说有它们的优点和成就，笔者并未贬低它们某一方面的价值，只是若在技巧上能够配合，与时代俱进，中国小说史或要改写了。

小说有各种各样的写法，原很难一概而论。但就传统小说言，常见的不外两类，第一类可称为"间接复述法"，第二类可名曰"直接表现法"。

今天来回顾，我们可以下定论，凡是用第一类方法的，在艺术技巧上都较第二类为差，所以第二类是比较进步、比较现代的小说笔法。但凡用了第一类，无论作者意想如何高超、行文用字如何雅洁、情节上如何有吸引力，都掉入了一个极大的限制。

在中国传统小说言，正如前述，并不因为时代的进展，作者们就扬弃了第一类手法，亦不因为第二类手法的伟大小说出现于前，第一类手法的小说就再不出现于后。

所谓"间接复述法"者，是有一个人在讲故事。但凡此类小说，在交代人物时总要由作者出面，在将情节之间接合起来时，亦得由作者来拉线。文中常常出现"你道为何？却原来是……"之类句法。此中的"你"字，实是指读者，问问题的，就是那作者。总而言之，此类小说的表达方式，是比较粗率的，恒常使你感到作者在向你讲话，就像小孩在青凉麻石上听那老祖父讲故事一样。即在写对话时，他采用他对他说什么什么，而不直写当下之话。

这一类作者对于书中人物，是个专断的皇帝，它不让人物有"独立自主"的做人行事的自由，总是要由他来做"最高指示"与"最高领导"，他把他所创造的人物，当作木头公仔，一定要由他来拉线，才能演出一场木偶戏。而第二类手法的作者，则是民主的、开明的统治者，他处处照顾到人物的独立性，放心让他们出来自由活动，情愿自己隐在幕后，做个无名英雄。他甚至以人物的意愿为意愿，唯恐自己一不小心，过分纵容作者的自由，破坏了那人物原来应该有的个性。所以，第一类作者，是人物为作者所绝对任意操纵；第二类作者，严谨地说，是一旦创造了那个人物，他自己就受那个人物应有的身份、背景、个性所限制。

试将《镜花缘》《十二楼》与《红楼梦》《水浒传》一比较，便知道这两者之间的分别。虽然李笠翁未见《红楼梦》，但他一定读《水浒传》的吧，他写的小说都不得不评定：有太重的第一类"间接复述法"的色彩。

此类手法为什么不好？一、说话不真，甚至是作者自己的话，千篇一律。二、难于写客观的、读者如亲临的景色、场面、气氛。三、难于使读者直接与人物相见、交感、共鸣，因为作者成了自此之间最大的障碍。

作者不现身、不出现在读者之前，是现代小说家紧守的原则之一。古典小说则是无分中外，都无法绝对避免。詹姆士不免，《红楼梦》亦非全免。第六回有这样一段："且说荣府中合算起来，从上到下，也有三百余人口，一天也有一二十件事，竟如乱麻一般，没个头绪作纲领。正思从那一件那一个人写起方妙？却好忽从千里之外，芥豆之微，小小一个人家，因与荣府有些瓜葛，这日正往荣府中来，因此便就这一家说起，倒还是个头绪。"

这一下是作者横在读者与人物之间，现身说法了，读到此处，少不免有暂回局外之感。这一段是起新线索，要带出刘姥姥一家来，看作者那几句自叹，至此竟无纲领，没头绪再从一件事一个人继续写起，不得不从千里外引线头，将它与贾家连起来。

作者的自白正好证明我们这里所说的理论，凡是新人物、新事情出现，若不建于书中的人事世界而自行产生，作者就无法不跑出来的了。此外，曹雪芹之有此自叹，乃是至此一时无策从原有的线索落墨。在若干程度上符合"三一律"的《红楼梦》，乃是以贾府及其大观园为背景的，现在写完贾宝玉初试云雨情，及前面诸般情节之后，至此是一大段落，一个"乐章"完结了。再起乐章，作者现身为此新乐章作序，因为刘姥姥在千里之外，不在大观园背景之中，刘姥姥的背景很难建于现场的世界，深谙隐藏之道的曹氏亦要现身，乃不得已的事。

《红楼梦》另外一段描写也现出作者的面目，不过没有刘姥姥这个的明显。第三回贾宝玉与林黛玉初会面，写到在黛玉眼中所见的宝玉时，觉他"万种情思，悉堆眼角。看其外貌，最是极好，却难知其底细"。忽然冒出两首词来，一首是"无故寻愁觅恨……那管世人诽谤"，另一首"富贵不知乐业……莫效此儿形状"。这两首词，绝不能说是林黛玉一见贾宝玉，就能对他的底细做出分析和规谏，那是作者的意见，对贾宝玉下批评，以最严格的标准看，这也是节外生枝。但注意，曹雪芹百分之九十九都是人事自现。

现代小说，大多免了此种写法，西洋小说家固然如此，老舍的《四世同堂》，亦没有《骆驼祥子》里此种毛病了。就全面说，《红楼梦》的艺术价值最高，只是此点可佐证我们所提出的正是小说技巧进步之通则。再看现代通俗小说，侦探的、武侠的，很多都能避免。例如金庸先生的《雪山飞狐》，情节复杂，说到数代的事、万里外的人，却紧扣在原有人和事之中，此技巧实可称赏。

论肌理、文理、神理

说过小说批评的论议之后，向自己提出问题。文学批评、技巧与内容孰重？除了技巧之外，难道没有别的因素，可为小说的评论标准？天下间有各式各类的小说，各有特点和长处，是否其中有些通则，显示它们好之所以为好，坏之所以为坏？亦即是说，我们读小说，为什么自然而然，共同承认这是好作品，《儒林外史》为什么不及《水浒传》？《水浒传》又为什么不及《红楼梦》？是技巧使然，还是别有原因？这些原因又是否有共性？

嗜读小说的人，可以想想，《水浒传》与《三国演义》都好，但为什么前者更好？有人会马上答：是因为文字，《水浒传》是生活的语言，《三国演义》接近"书面"的语言。那么文字是定优劣的标准？持这看法的人，我们可以向他马上提出另一问题：《金瓶梅》用的难道不是白话口语吗？为什么就是不及《水浒传》？

你说：白话口语也是要看运用得是否巧妙，并非人人用生活的语言，就能写出伟大的小说。这倒是真话，"五四"以后都用白话，却不一定小说都了不起。但是，你这样向我诘难，我又可以向你反问，《老残游记》有些段落选为学校中文范例，白话文极俊俏，大明湖说书是写的声音，声音无眼见形象，它能以文字将"抽象不见形的声音"，加以具体化，那是了不起的，就描写声音来看，真真古今独步。但也不能因此就说《老残游记》是一部伟大小说。文字好之外，小说还有别的条件。

《老残游记》是肌理不纯。《红楼梦》与《老残游记》文字各有特色，都有优点，在肌理上后者差得太远。它的人物随起随落，情节有断有续，人物没有什么个性。故事彼此无必然的冲突和牵连。

但是，又生另一问题，肌理好也不能就是伟大小说。如果肌理是指人物和情节的出场和发展，都是顺情合理的，其中并无作者出来作牵强突兀的撮合；这在《金瓶梅》难道就差了？《金瓶梅》是写的西门庆与潘金莲、众小妾的故事像《红楼梦》，背景不出一家，大致并未犯肌理上的大错。但是这部以口语来写的肌理不太坏的小说，不能评为第一流的作品，读来就是没劲——没有我们许为大小说的那种劲头。

小说有三"理"，不能缺其一。三理者，除"肌理"外，便是"文理"与"神理"。三样都好的，就是好小说。只有一样好，两样好，绝不能是第一流的作品。

神理是指小说的精神面貌，所表达的题旨、意识、人生观、人物个性、寓意象征、心理描写、讽刺幽默，等等。凡是属于观念界的，都可以归入"神理"方面。

一部作品，如果神理欠佳，会影响到"文理"与"肌理"；同样，"文理"低劣、肌理散漫，也会破坏神理。三者是互为因果，一体相关的。具体例子随处都是，我们说《老残游记》，若干文字是好的，肌理却有所不足，就影响到神理了。试问，有哪几位人物，是有一种强烈的精神面貌，使你感觉到他们的个性的？人物之没有"神理"，就不必讲到如活在前面那种话了。此或由于作者只是假借小说，来表达自己对事物的看法。然而，但凡此类欠缺肌理的小说，为什么都有共同的毛病，人物个性不鲜明或完全觉不出是有感情和精神的呢？这很简单，由于肌理不足，写完一个或一批人物的故事，就事与人俱去，不再提及他们，当然就创造不出鲜明的个性形象来。这是肌理影响神理的众例之一。

《金瓶梅》中人物，都是前后贯串的，全书主要就是写几个人物，不像那些"游历式"或"小故事拼盘"的小说，人物随起随落，一现即散，何以也是神理欠佳？西门庆和潘金莲，反而不像《水浒传》来得那么活灵活现？这是文字力量不够。《金瓶梅》用的是口语，是活文字。可是，就是缺少了一点什么似的，作者运用文字，不及施耐庵和曹雪芹，他不能以几笔落墨，创出形象。文字的形象性，是神奇的秘密，得之于作者敏锐如快刀的眼光，求之于作者灵慧的匠心，他有大剪裁的力量，不必要的东西弃之不惜，留下来的必是精髓。《红楼梦》

的晴雯，何以如此性格形象鲜明？是补裘、撕扇、咬指甲的简单段落制造完成的。反之，《金瓶梅》里的角色，即使用了许多文字来写一个人，也是精神面貌不强烈。

《金瓶梅》的大毛病，是文字上大量利用对话，作者错用了戏剧媒介于小说。戏剧用对话，因为观众从台上可看出伴随对话出现的动作、神貌、表情、场景。小说不然，定要在对话之同时，写动作、神貌、感情、气氛。读《金瓶梅》只觉啰唆、慢滞、沉闷，原因在此。这是文理犯神理万中一例。

有人说《红楼梦》后四十回写得坏，怎个坏法？亦有人说它好，要给高鹗（？）大功劳，但是好在哪里？笔者倒觉得坏的多，与前八十回全不相称，但是可称赞之处亦非没有。现在为了说明"肌、文、神"三理之间的关系，仅举出一二恶例。

一、八十五回贾政升官，众人庆祝，又适值黛玉生日，于是以她为主角，"换了几件新鲜衣服，打扮得宛如嫦娥下界，出来见众人"。姊妹们向她贺寿，要她首坐，"那黛玉留神一看，独不见宝玉。"但这场景，实在还少了一个最重要的人，却一个字没有交代他何以不在，而这个人在黛玉和贾母等人眼中，是头等关切的，但她们完全将他忘了。

无一字提及宝玉，以原作者前八十回来比较，是不可饶恕的错失。补书人或是害怕宝玉一旦出场，不知怎样落墨，然而我们读到此处，是要追问的。因为，我们要知道黛玉对宝玉的心情。其次，如果宝玉是在外头陪侍贺客，亦应特别点出他之心切。既是黛玉生日，我们可要怪宝玉何以如此一无情义。

二、一百零三回，发生了金桂害人反自害，中毒身亡，闹得天翻地覆，要打官司。在此紧要开头，许多非当事人都出场了。唯独这薛家之子薛蝌，竟然从头至尾不在场。又无交代他在外地，而一天一夜不回来，断断乎使不得，况他又是当事人，此事乃因金桂引诱他不遂而转折生出来的。即使为了避免他在场，免得尴尬而难于下笔，亦可以寥寥数语，交代他何以不在的原因（一句"我们家二爷不在家"实不足够）。事后，亦应表出他对家中如此惨痛"丑事"的几句感叹，才算完整。

两次错失都是肌理的问题，我们觉得他们应在不在，应有表示和反应，而竟杳如黄鹤与噤若寒蝉，就是肌理走坏了，断了必须有的纹理。更令人读来不顺眼不畅气的是，他们在以后

不重要的场面上，竟又不知从何处钻了出来，没头没尾，跳入
跳出。肌理如此便影响了文理——我们觉得写来有缺点，也破
坏了神理——因为宝玉、薛蝌对事情都像没头没脑的人了。

更不可原谅的是，宝玉对黛玉情深义重，竟在黛玉病得要
死时，何以不关心、不理不睬？两个月不见面，宝玉却变成失
心疯之人。从八十二到八十五回，黛玉此病又不知怎样好的？
写病时下笔如此重，病好一字不说。既不明白，便只可视为作
者才疏心粗。这都是肌理害文理、文理害神理、神理犯肌理的
一体相关的例子。

小说技巧是否重于一切，技巧中的"肌理"，又是否为必
不可少，走入纯技巧论、肌理论的死胡同？我们看看"肌理"
在各类文学中的地位，在文学范畴中，小说、散文、戏剧、诗
词，各有不同体裁和要素，就可以解答我们的问题。

"肌理、文理、神理"为小说的主质，是有机的构成物，
那么，就发现它们与其他文学有共同的亦有不同的地方。

散文有文理可谈，亦有神理可说，但不必有肌理。诗
词，有文理、有神理，亦不必有肌理。戏剧，骤看似是有肌

理的必要，细思下来，戏剧之肌理根本不同，或者说不必以"肌理"称之，只需布局、情节就行了。布局和情节，只是肌理的一部分。

散文通常要看文字是否优美，是否有特殊的风格；要看所表现的思想感情，有没有某种韵味、某种识见、某种智慧，至于肌理，是用不上的。有人和事的理路脉络的"散文"通常已算入"小说"一类。例如欧洲现代文学的所谓"反小说"，有些写法类似于"散文"，但得归入小说的范围，不是纯散文。

诗词与散文之不同，只在于体裁，亦讲究文字和境界，而不必有肌理。它特别注重文理——用字的力量，在文字上，要看它是否简凝浓密，造出意象、象征、寓意，是否有节奏感。从文字中所表达的诗境，是否深沉、广大、细腻、纤美，是否通于人人、是否真挚、是俗套还是出于人之想象之外而又可感可亲。以英国为例，在那些"传奇性"游历小说之前，亦有以诗体写成的"游历故事"，我们可称之为叙事诗，但不必是小说，亦不要求严格的肌理。以《长恨歌》来说，即为典例；它有人物，有情节，但用韵文写的。无论怎样说，以后的发展，散文体加上"肌理",就是小说开始正式诞生了。

戏剧与小说不同,因为戏剧主要是为演出,不是为读。我们看戏,以人物背景的交代为例,它可以由剧中人自说自话。在中国旧剧中,一个人物出场,直接对观众说出,"老身某氏,出身寒微,今日落得孤单一人,年已半百,好不心伤也矣"之类来表之。剧本自古至今,都将人物背景身份,先行在场前交代,未交代的,则以对话表之。不像小说一样,遭到肌理上的重大问题。

从四种文学看,自古至今,若问,改革或变化最大最复杂的,是哪一种?无疑是小说。诗、戏剧、散文虽然都有变革,但绝不如小说之大,这变动之大者正是在肌理上面。

小说之四忌

一忌直说个性

有些小说，故事本身很不错，文笔也干净，但是读来就是"淡出鸟来"，毫无味道；有些小说，写的倒是极平凡极琐屑的日常事，却是字字引人，爱不能释。原因正是在于写得好，何以写得好？就在于艺术表达手法好。是以文学批评，不得不谈到技巧，从技巧之分析，才能明白好何以好，坏何以坏，实不在于意识是否"革命"。

小说有许多"忌"，择其要者言之：一忌直指个性；二忌直点动机；三忌架空出背景；四忌作者站出来宣道。不但传统作者既犯，而"五四"以后若干新作家亦非完全能免。

"东楼是个奸雄，分外有些诡智"，这是李笠翁直指人物个性的笔调，这显然是无力的。平日我们听人说，某某某为人阴险、奸诈，我们也不大相信，除非是亲见亲闻这个人的做人行事，更何况是小说里，作者用一两句话来概括人物的个性，又何能令读者信服？

好的小说家，这类直指个性的笔法，是尽量避免的。毋宁是借人物的兴趣、爱好、待人、接物、处事，以实际具体的行为来显出性格。所以《红楼梦》里，不必由作者说出每人的脾气性情，而是谁喜欢什么样的颜色，谁爱听什么样的戏曲，谁的住室摆设如何，谁的诗词的内容或多愁，或情纡，或虚荣，或逸雅，谁对同一样事情（如搜大观园）发生时所表现的不同反应和态度（探春三姊妹），不必直接说出来，读者就如见其人了。

二十七回是技巧卓绝的一章，借宝钗扑蝶之事，显出了宝钗的性格，又从宝钗的眼光而说出她对小红的看法。同时，也在一般下人眼光里交代了黛玉的个性和对她的批评，作者不必直说一词。同样，在大观园发现了偷盗东西以后，宝玉见宝钗出入锁门，便显这人过于谨慎自保了。

《水浒传》亦是一样，所以读来兴会淋漓，实由于作者在许多地方，尽量用"直现法"，在万不得已或一时不小心之下，才用上了"再述法"。再述法由于是作者讲故事，便会直接说出此人如何如何。《水浒传》的头头宋江，究竟是奸雄、机诈的伪君子，还是如正面借众人口中道出的，仗义正直的豪杰，至今仍在争论。这正是小说的好处，不是由作者来评定他，而是留了大量的余地，由读者依自己之见来看他。现时代在大陆上还争论什么正面反面或中间人物的问题，可说是多余之事，而样板戏之人物正邪自别，亦是观着无味之一因。

《水浒传》中鲁智深认为李忠、周通悭吝，林冲愤于王伦心胸狭窄不能容人，浪子燕青对主人忠心……都不必作者来自说自话，而是以人物自己的世界自现的。

二忌解释伏笔

《水浒传》二十五回武大被潘金莲毒死之后，讲何九叔来殓葬。那何九叔接了西门庆十两银子，来到武大家，看潘金莲那种模样，心下狐疑，及见武大尸首，"揭起了千秋幡，扯开白绢，用五轮八宝犯着两点神水眼定睛看，何九叔大叫一声，望后便倒，口里喷出血来。"这是奇文妙笔，妙不在他一见尸首便即"中风"，奇妙的是作者对这情节的交代。

何九叔是否中风，真相为何？他为什么会这样，写小说的可以用几种方法来交代。第一种，由作者出来作解释，他为什么要自己假装中邪，不愿直接参与入殓的工作？第二种是由何九叔回家以后，向他老婆解释一番。第三种是照书中所用的方法，一直等到武松来复仇，飕地掣出尖刀插在桌子上，"捋起双袖，握着尖刀"，他才说"小人不敢声张。自咬破舌头，只做中了恶"。

第一种方法从来是最低能的，传统小说却并非罕见。这个桥段原是伏笔，伏笔如要由作者亲自来破谜，是破坏了自己的设计。这伏笔也表示人物的"动机"——为什么要这样做——若也要作者站出来解释自是下乘。

施耐庵是大小说家，当然不会如此。李笠翁是小小说家，用上了自非意外。他在《十二楼》中有一个桥段，说是一个书生对邻家闺女的一切活动，都了如指掌，像亲见的一般。接着作者加以解释，"料想列位看官都猜不着，如今听我道来"，原来是那书生买了一个西洋望远镜。为什么要重价购此望远镜，原来是他要偷看城中的深闺女子，哪一个年轻，哪一个貌秀，以便选个太太。这个动机他这样一加解说，读来便缺少了深一层的趣味。

在李笠翁那个时代，西洋望远镜还未发明太久，他能用于小说的桥段中，极为难得，可惜他的小说手法并不高明，未能充分发挥这一巧思的妙用。

如果他能学习《水浒传》，当然能写出更好的小说，不必破坏了自己的桥段。《水浒传》里很多地方都能不劳旁人，由人物来自解伏笔和交代动机。试看卢俊义"避灾"一节，他要仆人李固同行，李固推辞，卢俊义大怒，那李固"吓得只看娘子，娘子便漾漾地走出去"。这暗伏了李固与卢太有奸，亦已暗喻李固不愿跟去的动机，好趁卢俊义不在两人快活，但作者不必自行点明，只有低手才会出来解释。

为什么不可由作者解拆桥段及解释人物动机，很简单，小说要有一个自足的世界，不劳非书里的人来插手。一旦插手，此世界便不完全，便不真切。另一方面，剥夺了读者猜想的乐趣，破坏了他们"原来如此"的快意。

三忌架空出背景

银幕上常看到这样的开局法，以远镜头拍摄一片山河云天，荒山野岭，渐渐拉近，看到村篱茅舍，乃现出一户人家，再见到一些活动，镜头再拉近就表出一个人来。

讲历史战争的，就会在山头野地上，一队队人马，或匪徒、游民、官兵，彼此交错，再集中在一个人物身上。如果那人物是戏中主角，导演还可能以大特写重重地夸示他。

这是常用的手法，不分中西。从大背景进入小背景，亦即从一个大时代，从一个客观的天地世间，渐进渐近到具体的人和具体故事。从客观的广大世界进到主观的个人小世界，在导演而言是最易处理、最便当的手法。同样，对于观众而言，本与这故事的人物完全无关，亦毫无所知，观众原就是客观世界的局外身份，就因这种手法，诱导他们从局外人变为局中人，进到具体的人和事。他们局外的身份，至是给消除了。就观众心理学来看，这是最容易发生"引导"效果的，观众觉得自然，是以说是"合理"。观众在看画面时，从客观的大千世界和自然景色，不知不觉进入到愈显愈现的人物身上时，多有一位第三者介绍，又以音乐配音，至此这音乐愈来愈小，由强至弱，观众浑浑然地见到银幕上的人开始发话，音乐已经停了，尚不知原来已受"催眠"，自己被导演从一个世界带到另一个世界。

小说虽与电影大有不同，但很多传统小说，从大背景转入小背景来开局，亦不外如是。《三国演义》由"话说天下三分"，渐渐拉近至刘玄德，他在那里看"榜文"，"慨然长叹"，背后一人厉声喝叫乃是张飞。《水浒传》从朝代兴亡说到宋朝，又拉近到京师，再讲皇帝早朝，至洪太尉，然后再把镜头定在高俅身上，转接到王进，从此一线一牵到各牵各线。《红楼梦》从女娲顽石、空空道人，转入姑苏城，转入甄士隐，转到贾雨村，曲径通幽地最后将镜头定于林黛玉（第三回）身上，更是运用得妙入巅毫。

上例虽各有小异而实大同，都是时代人物开局起线，并将观众和读者从局外带入局中。其目的既如此，我们就可问一问题，如果煞费匠心已将观、读两众引入局中，以后竟又将他们拖出局外，是否明智？是否自己破坏了此一手法？答曰：是。这在电影上较少犯，因媒介不同。但低能小说家却常犯。《水浒传》不错，《红楼梦》最佳。充分利用此手法，读者入局以后就一直被"迷"，再不出局，所以俗语说不忍释手。

大背景和小背景

小说里总得有背景，一是总故事的大背景，一是每个人物和每批人物的小背景，这些背景怎样配合得彼此关联，常是小说优劣高下的具体表现。

志怪小说、神魔故事，可以比较忽视背景上的交代与安排，反正作家可以肆意凭空捏造，奇情百出，怪想迭起，说到哪里就是哪里，一个情节、一个段落地随起随收，彼此不必相关。但是涉及现实具体人生社会的小说，却不能这样了，好小说家就为此伤尽了脑筋，因为他们不想架空出背景。

试看《镜花缘》，在背景的建构工作上，正是架空的。它在观念上可能借取于《红楼梦》，亦是要为女子打抱不平，让她们吐气扬眉，写一百个女子的勇敢、文才、武功等等都不在须眉之下，又大讽缠足之害。在开卷的手法上又与《红楼梦》类同，借助于神话式的寓言，然后降生下凡，从而在人间开展故事。

为什么同类托出背景的手法，却有高下的不同？原因之一是曹雪芹紧守着一个原则，借那女娲炼石的神话故事开笔之后，就一直将背景建于人间，从而引出种种密切相连的人物和情节。再讲到那顽石与空空道人的"天上"故事时，则以人间具体的人发梦来表之。再说到太虚幻梦都由人物自现。梦是将

"现实世界"与"幻虚世界"连起来的关键，而使读者觉得并无碍眼，因为"梦"是超时空的。再看《水浒传》，借助那"石碣神话"放出一道黑气，三十六天罡、七十二地煞跑到人间之后，就不再说那幻虚的天上世界。

人和事此后都在人间而生，是《水浒传》和《红楼梦》的高明手法，大背景乃不再架空。《镜花缘》则是将武则天醉酒下诏万花之事，与天上的百花仙女的世界等同起来，人间与天上两个世界，彼此独立，由作者出面硬生生将它们"认同"起来。但这种认同是分裂的，是虚妄的。

更重要者却是小背景之分离。《镜花缘》是借几个人的坐船游历，来托出那些女子的身世背景，毕竟天马行空，彼此并无人事的必然关联而给拉在一起。或谓，诸女子散处天下各处，也只有用此手法才可一一交代。然而水浒英雄难道不是散处天下，作者何以能运用招数一一贯串起来？

《镜花缘》之不及《水浒传》正是技巧差。试举一例，石秀之出场，为什么一定要透过戴宗带出来，以后再牵连到杨雄、潘巧云的故事？难道作者不可直说"原来杨雄妻子潘巧云如何如何"，何必费这么多笔墨？这正是因为，一个人物的小背景，势不能凭空构造，必须在小说的世界自行现出的缘故。

焦大骂街　火并王伦

《红楼梦》第七回讲焦大，只是短短一千字，倒像有千钧之力。焦大的一幕在读者面前如此鲜明，半由于作者写他酒醉骂街，极之生色，骂人的话又引出秘趣，"爬灰的爬灰，养小叔的养小叔"，而凤姐、秦可卿、贾蓉这些"嫌疑"人物都在当场。

但是真正达到如此鲜明效果的原因，是作者交代背景的手法用得好。这段文字，若只在上面加上一两句话，就会大大削弱了深刻动人的力量。那焦大是老太爷当年的部下，原是三辈前的人物。要交代他的过去就有脱离现场之叹，这在电影上为了不劳别人旁述，通常都以溶镜，从那个人物的脸部眼色溶开去，转成往事，便从现在"主观世界"转换成过去"主观世界"。

把"过去"与"现在"交融起来的办法，小说也可以用"回忆"，亦可用对话，曹雪芹在此节下不得不用后者。那焦大的过去，是借在场的一位人物尤氏说出来的，作者避免自己出现。这一千字当中，有尤氏、秦氏、凤姐、贾蓉、宝玉、秦钟和众媳妇、小厮，人多势众的一场戏，如果作者站出来交代那焦大的背景，那些人便变成木偶了。

那焦大"正骂得兴头上，贾蓉送凤姐的车出来，众人喝他不住，贾蓉忍不住便骂了几句……"，这是贾蓉、凤姐两人眼中的焦。接着一句："那焦大那里有贾蓉在眼里"，这不是作者的话，而是凤姐对他的观感。又骂一段，笔法转回凤姐、贾蓉二人，复转到众人，转回焦大，又转入把他绑捆的小厮，再又写凤姐、贾蓉，凤姐、宝玉。总之，自"因天黑了，尤氏说"这句开始，笔下都是对着这些人物，摇摇转转，现场感乃十分逼真，读者一直在局中。

此一情节可与《水浒传》"火并王伦"一段对看，是同样手法，都是镜头转来转去，在场有一主要人物将一切所发生的事看在眼里,《红楼梦》是凤姐,《水浒传》是吴用,绝不要作者出场。

这技巧在现代人看可能并不稀奇,但我们细心拿其他传统小说一比,就可知道,逢到这样的场合,很多小说家就会自己来插嘴。例如:"你道那焦大为何如此撒野,原来他早年与老太爷共过患难,对贾家有功……"在《水浒传》的场合则会说:"看官,那王伦本来是不学无术,心里容不得人……"这样插一句,就一下把现场感减弱,读者即从面对人物场景而面对作者,也就是从局中返回局外了。

《红楼梦》介绍焦大的背景,若由作者自说,就是架空而出,即不建于小说人物世界之内。现在借尤氏来说,就直接产生于小说本身肌理之中,比较高明。

四忌作者上台宣道

小说里着意宣扬"惩恶劝善"的道德观,有时候并非因为这种道德本身不好，而是它对小说艺术有妨害。中国人诚然是道德感特重的民族，但是以文学来表扬道德，也不仅以中国为然。西方中世、近世大量的骑士文学，也一样是表彰勇敢、牺牲、诚实、尽忠、爱上帝的精神。道德之脱离文学，或文学摆脱了道德，不过是晚近的事情。

就中国小说言，唐人小说反而不及宋明小说，有那么重的道德色彩。就短篇小说看因果报应的观念，"三言二拍"似比唐人传奇更为深重。无论怎样说，有个最特出的实例是，中国最好的两部小说，都是能独立于传统的、世俗的正统道德观之外，因而一方面被斥骂、被烧禁，却同时一直占据小说艺术的最高位置。

正因如此，我们不须作解释，就可从这个实例，看出艺术独立于正统的世俗道德之外的好处来，也可以肯定这是艺术的进步。要不然，《水浒传》和《红楼梦》，被禁制、被贬抑了无数的岁月，何以能长存？

这些话已是老生常谈。但是从这个实情上，我们又可看出另一问题，今天最革命的时代青年，当然亦会对《红楼梦》

《水浒传》做出肯定的评价，说它们反抗封建道德，一部是鞭挞贪官污吏，一部是斥责贵族豪门，都具有进步的意义，是伟大的小说。

宣道者和小说家

狄更斯的《双城记》，在开首和结尾的部分，都表现了他对人类炽热的爱心，对社会上的不公平，对贵族剥削鱼肉农民，发出他的怒吼，描写了两个愤怒的场面。笔者觉得，前面的写得不错，后面就有点勉强。

后面的场面是写一个已受重伤、约十七岁的少年，拼其余力和勇气，对一位老医生重述他和姊姊的惨痛遭遇。"那位少年作了一篇斗争宣言"似的"讲话"，有一千多字，洋洋洒洒，大义凛然的，比我们看《恺撒大帝》这出名剧，安东尼抱着恺撒的尸身出来以后那段演说，还要激动。

我们如果受感动，是因为不平感一下就会被刺激起来，是人类情绪太易惹动之故。但狄更斯对少年人这段描写，一用理智心来读，毕竟不足取信，甚至觉得绝不能有其事。

第一，这位少年已受重伤，是一剑给人洞穿胸部。明说已经过去二十至二十四小时，没有过任何护理，何以能不死？在有医学知识的人来看，断无是理。受这样的重伤，二十四小时不停流血，不昏、不迷、不疲、不弱，居然能滔滔演说，并且还自己直立了起来，在没有医学知识的来看，也以为奇得离谱。

第二，狄更斯在描写中，完全不见一滴血，更奇！倒像是一个蜡像人。也更不写他说话时的神衰气弱的情形，呼吸一点不喘，脸色毫不变易，痛苦之状毫无。请问：大家都说狄更斯是写实主义的奠基大师，这就是"写实"？可见这类什么主义的字眼，有时一无真意。

问题出在什么地方？是违反常识，不合人生实情，这是严重的错误。《红楼梦》前八十回所写的事，何止千门万类，没有违反常识的重大错笔。问题还有另一面，狄更斯的例子，是作者要演说，不是少年人，是狄更斯自己要站出来讲这段话。

我们当然崇敬狄更斯那博大的爱心，为受压迫者怒目横眉，伸张正义。但这种道德爱心，伟大同情，既以小说方式来写出，作者就不能出现，要自己隐身于后，通过人物作合情合理的表达。他虽通过受伤少年来讲话，因为不合情理，便使读者一下就察觉原是狄更斯的话。

我们读《红楼梦》，其中也有作者厚于天地的人间爱和不平鸣。可是曹雪芹自己善于隐藏，读者不会见到他在书中站出来"宣道"。曹雪芹对受压迫者的爱心与同情，亦绝不下于狄更斯，但都是由书中人物，和情节发展来宣泄。现代小说与传统小说之大不同，这也是其中之一，亦是肌理问题——作者的思想道德完全溶化到人与事之内。

震塌贾府的笑声

我们若不留心细看，觉不出曹雪芹在《红楼梦》里的大愤怒。他有种"大不平"，对整个社会，对封建官僚结构，对陈腐的观念，对受压迫者的苦痛，对权贵之贾府都有他的"反叛"及愤激的至情。因为都深深隐到人物事理之中里了，便使我们容易忽略过去。这正是大艺术家常被误解的原因。

其中有一段不会为人太留意的便是贾母等人到清虚观打醮，是贫穷与富贵、权势与卑微的强烈对比。先写一个青年公子，骑着银鞍白马，彩辔朱缨，那自然是宝玉。他们来到观内，有个十二三岁的小道士，正欲躲藏出去，不料一头撞在凤姐怀里，凤姐一巴掌打得他在地翻了一个筋斗，"野牛肏的，胡朝那里跑！"大家也轰喝着："拿、拿、拿，打、打、打。"把那小孩骇得在地上乱颤。

凤姐这一巴掌其实是曹雪芹直接打在凤姐脸上，也是打在这权宦之家的一切当权者身上。小道士都是穷家或送或卖出去的，在那个时代是最贫贱的阶级。而贾宝玉与他同龄，众人疼爱巴结，像凤凰一样。可见曹雪芹是叫读者看清楚了：贫与富，有多大的不同！

贾琏淫了下人鲍二的媳妇，逼得人家吊死了，在贾母眼中竟不当一回事。第四十七回她在打牌，竟拿这件事说笑。对贾琏道："你媳妇（凤姐）和我玩牌呢，还有半日的空儿，你家去再和那赵二家的商量治你媳妇去吧。"曹雪芹在此有意将贾母连人家的姓也说错，鲍二变成赵二，可见她对这惨绝人间的事是如何不经心，毫无是非感。但这件事在曹雪芹来看，是天地间的第一不公不义。无论在文中其他的段落，通过众人口碑，把贾母说得怎生慈爱体恤，这一玩笑，暴露了她的真面目。众人都赔着笑，假仁假义之状一揭无遗。

我们试把这两段落，与狄更斯的比较。第一例都是借着一个少年来揭露社会的不平。曹雪芹笔下是凤姐打他一巴掌，在贾家人多势众赫赫气派面前在地上发抖。而狄更斯则让那少年重伤下慷慨激昂陈词。读者认为哪种写法更有力、更真实、更使人愤怒？

第二例，狄更斯也是写贵族淫人妻室，那女人也受迫而死。他是极力描写那女人昏乱痛苦之状。而曹雪芹却借贾母一场玩笑来讽刺，谁写得更有效果？

在笔者来看，曹雪芹自己隐蔽在背后，借凤姐的一巴掌来骂权势，那巴掌有千钧之力，直可以摧高山，掀巨浪。借贾母和众人笑声，来讽刺贵族人面兽心，那笑声贯天穿地，震动山川，直可以把那封建社会的代表——贾府所有建筑都一下震塌了。但曹雪芹不像狄更斯站在台上宣道。